氷の公爵様と私の
幸せな契約再婚
著 綺咲 潔
イラスト アヒル森下

「レオニー、どうしようか。
君が可愛すぎて
誰にも見せたくない」
シャルリー・クローディア
“氷の公爵”と恐れられる
若き公爵閣下。
婚約者の不貞により婚約破棄をし、
レオニーと再婚をするために
メルディン侯爵を 説き伏せる。

――なんてかっこいいのっ……！
レオニー・メルディン
メルディン侯爵家令嬢。
10歳の時に政略結婚をしたが
夫の不倫により離婚。
幼い頃から領地経営を学び、
女主人としての腕はピカイチ。
クローディア公爵家では
その才能を十二分に発揮する。

「名前というと……シャルリー様？」
「ああ、それでいい」

氷の公爵様と私の幸せな契約再婚

著 綺咲潔　イラスト アヒル森下

CONTENTS

第一章　衝撃の告白

ここシトリア王国では、子ども同士で結婚することがある。もちろん恋愛ではなく、政略的理由によってだ。

ただ、いくら政略といえど、やはり子どものうちに結婚させることは稀である。

しかし、ほかでもない私自身こそが、その希少な結婚の当事者だった。

私、レオニーはメルディン侯爵家の令嬢として生まれた。それから十年が経ったある日、父から私の運命を変える宣告がなされた。

「ルースティン侯爵家のカシアスとレオニーの結婚が決まった」

……耳を疑った。

きっと十七歳か十八歳辺りでデビュタントをし、誰かと婚約して結婚するのだろうという未来を描いていた。

だというのに、もう決まったこととして結婚を伝えられた十歳の私は非常に困惑した。

結婚が決まった経緯は、まさに大人の事情そのものだった。

ルースティン侯爵夫妻が馬車の事故で亡くなったため、一人息子のカシアス様が継承者となる。

しかし、彼はまだ十三歳。とても領主が務まる知識も器も持ち合わせてはいなかった。

よって、カシアス様には後見人が必要だと判断が下り、そこで白羽の矢が立ったのが国王の秘書官であり私の父でもある、メルディン侯爵だったというわけだ。

どうやら、ルースティン侯爵家には頼りになる傍系親族の伝手もなかったらしい。

そこで、家門の力の均衡を考慮した結果、父が後見人に選ばれたのだ。父も大出世になるため引き受けたという。

だが、ここで問題が起こった。

家門の均衡を後見人選別の根拠に挙げるのならば、国王の秘書官という特別点を除き父のほかにも候補者がいた。だからこそ、ほかにも後見人が父であることが自然となる理由が必要だった。

それらの問題をまるっと解決する方法として、父が娘婿の後見人を務める形にすべく、私とカシアス様の結婚が決められたのだ。

しかし、私はまだ子ども盛りの十歳。

顔も知らない十三歳の少年と、大人の都合で結婚させられることに反感を抱いた。

だからと言って、逆らう力を持ち合わせているわけもなく、私はあれよあれよという間にカシアス様と結婚させられた。

そんな私たちには、結婚式なんてものもなかった。

書類上でサインを交わし、私が単身でルースティンの本邸に住むことが結婚生活の始まりと決まっていたのだ。

「まだこんなにも幼いのに……不憫な子ね」

「初恋もまだなのでしょう？　お気の毒なこと」

「顔も性格も分からぬ少年と結婚だなんて、お可哀想だわ」

私の周りにいた大人たちは、皆そう言って私の境遇を嘆く言葉をかけてきた。

——ああ、私はこれから不幸になるんだ……。

皆が向ける憐れみの眼差しと言葉。

それらを信じた私は、この結婚が人生の墓場になるのだと一人で涙を流しながら、嫁ぎ先へと馬車で向かった。

だが、ルースティン侯爵家の本邸に着いて、すぐに私の考えは杞憂であったと悟った。

「よく来てくれたね。君を心から歓迎するよ」

そう言って出迎えてくれた黒髪緑眼の美少年こそ、私の夫となるカシアス・ルースティンだったのだ。

私と同じく大人の都合でくっつけられたというのに、カシアス様はこの状況に文句一つ言わず、幼妻という言葉よりも幼い私にそれは親切に接してくれた。

私はこのことが不思議で、彼にどうしてそんなに親切にしてくれるのかと訊ねたことがある。

すると、彼は目を真ん丸にした直後、フッと微笑むと柔らかい表情で教えてくれた。

「まだ幼い君が、たった一人で僕の下《もと》に来てくれたんだ。そんな君の強い優しさに、僕も誠実に応えないと」

この言葉は、いつしか彼が私に向ける常套句になっていた。

また、カシアス様はこの言葉を体現するかのように、決して私を蔑ろにすることもなかった。

そのおかげか、私たち二人の夫婦生活は至って良好そのものの滑り出しだった。

ともに机を並べて領地について学び、ともに食事を摂り、ともに領地の未来について語らった。

この私たちの姿に、先生や使用人といった大人たちは温かい目を向け、将来のルースティン領は安泰だと言ってくれるほど。それくらい私たちの仲は深まった。

そうして数年を過ごしていると、私の心のうちに変化が起こった。

いつからか、カシアス様への恋心が芽生えていたのだ。

この想いに気付いた瞬間、なんて私はラッキーな人間なのだろうと胸を震わせた。

人生で初めて好きになった人が、もうすでに私の夫なのだ。こんな幸運なこと、滅多に起こらないのではないだろうか。

だがそう喜ぶ半面、私はあることに気付いていた。

「家族としては見てくれるけれど、カシアス様は私を女としては見てくれないのよね……」

部屋でそう独り言ちる私は、気付けば十七歳になっていた。

結婚から約七年もの月日が経っていたとは。

私はこれまで七年もの時間をともにしておきながら、カシアス様の心を動かせなかったのかと、がっくりと机に項垂れた。

しかし、今日だけは自然と口角が上がった。

カシアス様が私に抱くイメージを変えられるチャンスが、明日に迫っているから。

そう、ついに私たち夫婦が初夜を迎える日がやって来るのだ。

実は、私たちのように子ども同士、または夫婦どちらか一方でも子どもが結婚する場合、【夫婦のうち幼い配偶者の年齢が十八歳に達したとき、初夜を執り行うべし】、という法律がこの国にはある。

明日は私の十八歳の誕生日。

まさに、その日はすぐそこまで迫っていた。

「社交界の夫人たちが仰っていたもの。きっとこれでカシアス様も少しは私を女として見てくれるはずっ！」

私が話を聞いた夫人たちは、恋愛経験豊富な人たちが多かった。

夫以外とはまったく恋愛経験がない、そもそも恋のこの字もない政略結婚だという夫人であっても、初夜を通して夫との関係性が好転したという話を腐るほど聞いた。

これは期待してしまう。

いや、期待せざるを得なかった。

——明日を機にきっと……。

ふわふわと淡い期待に胸を弾ませながら、さまざまな想像を巡らせる。

その最中、突如として部屋のドアがノックされた。

その音に反射して、机に伏せていた顔を上げる。すると同時に、カシアス様がドアの隙間から顔を覗かせた。

「カシアス様、どうなさったのです？」

妄想を脳内で蹴散らし、平然を装って尋ねる。

すると、カシアス様がいつになく神妙な顔で答えた。

「大事な話があるんだ。今、時間はいいか？」

「大事な話ですか？　はい、時間は大丈夫ですよ。どういったお話でしょう？」

きっと、領地経営に関する話だろう。

カシアス様は私に信頼を置いてくれているらしく、いつもこうして経営問題について相談してくれるから。

――場所を移したほうが良さそうね。

机上の書類を軽く整理し、部屋の一角にある談話用のスペースに行こうと椅子から立ち上がる。

すると、珍しく裏返ったカシアス様の声が耳に届いた。

「レ、レオニー。今日は僕の書斎に来てほしいんだ。ここでは、話せないことだから……」

「え、そうなのですか？」

こんなことは初めてだった。

ここでは話せないということは、領主の書斎以外に持ち出し厳禁の書類を取り扱うような話なのだろうか。

――何か問題でも起こったの？

「分かりました。行きましょう」

これは緊急事態かもしれない。

私は考えられる領地に関する重大事案を頭の中で整理し、発生した問題の予想を立てながら、慌ててカシアス様の書斎に向かった。

だが、書斎に到着した私を待ち受けていた状況は、あまりに予想外なものだった。

「プリムローズ嬢……？　どうしてあなたがここに？」

なぜ、カシアス様の書斎に彼女がいるのだろうか。

プリムローズ嬢といえば、私と同じ年齢でありながら、社交界の華と称されるトル公爵家の一人娘だ。

そんな彼女がどうしてここにいるのか分からず、私の脳内は疑問符で埋め尽くされた。

「カシアス様、これはいったい……」

状況を把握すべく、私を連れてきた張本人に目を向ける。

すると、何を考えているのか分からない表情で私を見つめるカシアス様と視線が交差した。

その表情のまま、なぜかカシアス様はしばらく私を見つめていた。

だが、彼は突然罪を犯した子どものような表情になり、床に視線を落とした。

しかし、再び私のほうへ顔を上げて短く言った。

「レオニー、すまないっ……」

いきなり謝られても心当たりがなく、まるでわけが分からない。

「どうして突然謝罪を？　心当たりが……」

そこまで言って気付いた。

顔こそ私に向けるカシアス様だが、その視線はプリムローズ嬢に向いている。

自ずと嫌な予感が脳裏を過った。

だが、現実は私の想像以上に残酷だった。

「彼女が僕の子を妊娠したんだ」

第二章　離婚しましょう

「はっ……。今、何と仰ったのです……?」

あまりにも受け入れがたい言葉に、私は聞き間違いであることを願った。

しかし、無情にもその願いは儚く散った。

「プリムローズ嬢が、僕の子を妊娠したんだ」

わざわざ彼女の名前を言って強調しなくても……。

聞き間違いではなかったと分かったものの、私の頭はその言葉の意味をまるで理解していなかった。

「……いつから、ですか?」

渇いた喉から、何とか声を絞り出す。

当然の質問だった。妊娠となると、昨日今日でどうにかなるものではないのだ。

となると、二人は私に隠れてそういったことをした日があったということ。

しかし、私には心当たりがなかった。

「それは……」

私は必死に身体の震えを抑え、答えを聞いてやろうと口を開いた彼に視線を向けた。

だが、カシアス様は私と目が合うなり言葉を詰まらせた。

するとその代わりとばかりに、張り詰めた絶望の空間に似つかわしくない可憐な声が響いた。

「本当に悪かったわ。ごめんなさいっ……レオニー様」

わざと顔を見ないようにしていたというのに……。

しかし、謝るということは非を認めるということ。

質問に対する答えではないが、無視するわけにもいかず声のほうへ視線を移すと、目が合うなり彼女はピクンと肩を跳ねさせ、咄嗟に身を庇うかのように自身のお腹を両手で覆った。

……あまりにも失礼だと思った。

不貞を犯して謝るべき立場の加害者が、私が誰かに危害を加えるような人間だと思ったのだ。

私は何もしていない。むしろされた側だというのに。

脳が沸騰するほどの怒りが込み上げ、目の前が真っ白になりそうだった。

彼女が私と同い年という事実も、私の怒りのさらなる着火剤となった。

だが、この怒りの矛先は当然、彼女だけに向いているのではない。

私は再び、夫へと向き直った。

「いつからですかっ……」

涙は今にも溢れ出そうだった。

だが、この二人の前でだけは泣きたくはないと、皮膚が裂けそうなほどグッと指に爪を食い込ませて堪えた。

すると、ようやく彼が言葉を紡いだ。

「四か月前、王城で催された夜会で……」

息が止まるかと思った。

確かにその日、私は風邪をひいてしまいカシアス様だけで夜会に参加していた。

だが、彼はいつもと何ら変わらぬ様子で、予定通りの時間にちゃんと帰ってきたのだ。

「まさか……夜会中に？」

そんな野良犬のようなことをしていただなんて、信じたくない。

しかし、彼らの押し黙り俯く姿こそが、私の質問を肯定していた。

――呆れた。

酷く情けなかった。

彼らに対してなのか、自分に対してそう思うのか。

それすら考えることが億劫なほど、壮絶な絶望が私の心を襲った。

確かに私は、カシアス様と恋人同士として心を通わせたことはなかった。

けれど、結婚したあの七年前から今日という日に至るまで、家族として、少なくとも友人として心を通わせ、互いに信頼を築いてきたはずだった。

少なくとも、私はそうだと信じていたのだ。

だからこそ、これはれっきとした裏切りでしかなかった。

私という妻がいながら、しかもその妻とは初夜も迎えていない段階で、よその女と子を成したこと。

今まで何食わぬ顔で接してきたこと。

そのほかの細事も含め、すべてすべてが私にとって裏切りだった。

そんな男を恋慕っていた自分自身の愚かしさにも、酷く嫌気が差した。

「はぁ……」

私は表情を取り繕うことすらできず、重く深いため息をついた。すると、そんな私に彼が恐る恐ると言った様子で声をかけてきた。

「レオニー、実はお願いがあるんだ」

この状況でお願いという言葉が出てくるだなんて。

ありえない。私は思わず絶句しながらも、跳ねるように顔を上げた。

それを促しと思ったのか、カシアス様はその願いとやらを口にした。

「不義理なことをして本当にすまなかった。彼女とは、今後一切関わらないと約束する。ただ……生まれてくる子どもは僕の子だと認知したいんだ」

彼はそう言うと、私に歩み寄り顔色を窺いながら付け加えた。

「レオニー、どうか許してくれないだろうか？」

覗き込んでくる彼の顔を見たくなくて目を逸らすと、私を見て緊張で顔を強張らせたプリムローズ嬢が視界に映った。

その表情を見ると、なんだかすべてがどうでもよくなってしまった。

私の燃え上がる想いも、きっとこの瞬間に灰燼に帰したのだろう。

「許すも何も、当然のことでは？」

「っ……！」

自分のものとは思えない、あまりにも冷めた声が出た。

一方、そんな私の声を聞いた二人は、まるで耳を疑うかのように硬直した。

しかし、次第に硬直から解ける彼の目には、徐々に涙が溜まっていった。

「レオニーっ……こんなに優しい君を裏切ってしまっただなんてっ……。ありがとうっ、心から感謝するよっ……」

彼は口元や肩を震わせ、私に何度も何度もお礼を告げる。

しかし、私にはその言動が理解できなかった。

「なぜお礼を仰るのです？」

「なぜって、君以外の女性との間に儲けた子どもの認知を許してくれたんだ。こんな心の広い理解ある妻、いや、人間はそうそういないよ！」

私はこの言葉を聞き、瞬きすら忘れて目を見開いた。

まさか、この状況において私が肯定的な意味でそう告げたと誤解するだなんて。

――ああ、頭痛がしてきた。

この加速する彼の誤解を解くべく、私は齟齬なき自分の意見を伝えるため口を開いた。

「あの……カシアス様」

「ああ、どうした？」

「私、再婚なら別として、自分の子どもにほかの女性との間にできた子どもと父親を共有させるつもりはないのですが」

「えっ……それはどういう……」

雷でも食らったかのように驚いた顔のカシアス様。

そんな彼に、私ははっきりと告げた。

「お二人が結婚なさったらいいじゃないですか。私たち、離婚しましょう」

「えっ……」

彼よりも先に、その隣に立っていたプリムローズ嬢が口元に手を添え、声を漏らした。

その直後、彼女の声を掻き消す勢いで狼狽《ろうばい》した彼が口を開いた。

「ちょっと待ってくれ！　君と離婚するつもりはっ……」

「そんな都合のいい話があると思いますか？」

もう吹っ切れた。

私は続けて、隣で一回の謝罪以外は棒のように突っ立っているだけの女に声をかけた。

「あなたも。さっきから黙っていますけど、許されると思わないでください」

知らない人がこの場面だけを切り取って見たら、きっと私のほうが麗しの彼女を脅かす悪女だろう。

だが、私は悪女と思われようが、彼女に何も言わないままではいられなかった。

「白い結婚とはいえ、私たちは契約に基づき政略結婚をした夫婦です。その結婚生活を破綻させたのですから、それ相応の責任は取ってもらいます」

「そんな、困るわ！　この子もいるのにっ……」

必死に罪から逃れようと叫ぶプリムローズ嬢。

その彼女の隠し切れない優越に歪んだ顔でお腹を撫で擦る姿を見て、私は決して二人にバレないように歯を食いしばった。

すると、放心しかけていたカシアス様が、懇願でもするかのように私の目の前で片膝を突いた。

「信頼を取り戻せるよう、君に尽くすから――」

「結構です。信頼が回復することはありえませんので」

感情に呑まれそうになる己を律し、毅然とした態度で告げた。そのとき、ふとあることを思い出した。

「そういえば、プリムローズ嬢。あなた、婚約者がいらっしゃいましたよね？」

私の言葉に、二人は途端に気まずそうに眉根を寄せた。だが、私は容赦なく続けた。

「婚約者の方……クローディア公爵には、この件について何と説明したのです？」

「まだ、していないの……」

ばつが悪そうに俯く彼女に代わり、カシアス様が説明を始めた。

「君に言ってから伝えるつもりだったんだ。彼はまだ婚約段階だが、君は結婚しているから……」

彼のこの言葉の何かが琴線に触れたんだろうか。

突然プリムローズ嬢がハッと顔を上げると、わざとらしいほどに申し訳なさに満ちた表情で話しかけてきた。

「レオニー様。政略結婚だけど、あなたはキャス、いえ、カシアス侯爵を愛していたんでしょう？　こんなことになってしまって、本当にごめんなさい……」

彼女の発言に込められた言葉の影に気付き、苛立ちとともに酷く惨めな気持ちが込み上げた。

カシアス様の心を動かしたのが、こんなにも陰湿な女性だったからだろうか？

いや、そもそもこの状況自体が、私のプライドをことごとく傷つけているのだ。

……許せなかった。

「その言い方、わざとでしょう？　気分が悪いです」

「っ……」

「謝るくらいなら、最初からしないでくださいよ。公爵様にも申し訳ないと思わなかったんですか？　あなたたちの一時の過ちが、多くの人に迷惑をかけ傷付けたんです」

話すにつれ、喉が痛むほどに絞れて声が震えそうになる。

それでも、私は色を失うほど強く拳を握りしめて続けた。

「少なくとも、あなたたち二人は三人の人生を壊した。公爵様、私、あなたたち自身の子どもです。一生その贖罪を背負わねばならぬことを、どうかお忘れなきよう。……それでは」

もうここにはいられない。いたくなかった。

私は茫然と立ち尽くす二人を置き去りに、書斎を出た。

歩く道すがら、使用人たちが私の顔をギョッとした表情で見つめてきた。

きっと、今の私は相当酷い顔をしているのだろう。

しかし、その使用人の反応にも気付かないふりをしながら、私は人目を避け足早に自室へと戻った。

第三章　決別

部屋に入り扉を閉めた途端、自分でもどうしてか分からないが乾いた笑いが止まらなくなった。

人生史上最悪の気分だというのに。

しかし、ふと頬を伝う何かを感じた。

「っ……」

そっと頬に触れた指先が濡れていた。

自分がおかしくなってしまったと思っていたが、どうやらまだ身体は正常に働いていたようだった。

これからどうしよう。

あまりにも突然のことすぎて、気持ちが追い付かない。

妊娠したという彼女のお腹は、妊婦と分かるほど目立っていなかった。

それがなおさら、私が現実を呑み込むことの妨げとなった。

あのお腹の中にカシアス様の、私の夫の子どもがいる。

とても信じられなかった。

でも、あの彼女のお腹を守ろうとする姿を見ると、本当に妊娠しているのだと信じざるを得なかった。

「私、本当に間抜けな馬鹿じゃないっ……」

カシアス様に呼び出される前に自分が考えていたことが、酷く馬鹿らしい恥の塊のように思えた。

つい先ほどまでは、あんなにもカシアス様に恋い焦がれていたのに、私の無邪気で純真な想いは心ごとカシアス様たちに穢されてしまった。

――離婚状を作ろう。

政略結婚だろうが関係ない。

後見人の父を頼らず済むくらい、この七年でカシアス様は成長したのだ。

部屋に入るなり立ち尽くしていた私は、執務用の椅子に座り離婚状の作成に取り掛かった。

それから三分ほどが経った頃、私の部屋の扉をノックする音が聞こえた。

七年間もともに過ごしていたのだ。いちいち確認しなくても、誰が訪ねてきたのかは分かった。

だから、私はあえて入室許可を返さなかった。

「レオニー……」

勝手に扉を開けて、カシアス様が入ってきた。

さすがに集中できないため、私は書き進める手を止めて顔を上げた。

「っ！　泣いていたのか……？」

涙はもう流れていないはずだが、目元が赤くなっていたのだろうか。

彼は私の顔を見るとハッと目を見開いた後、なぜか痛ましげな表情を浮かべた。

そして、ありえない一言を放った。

「……大丈夫か？」

彼はそう声をかけるなり、私へと軽く駆けると抱き締めようとしてきた。

そのあまりにも度し難い行動に、私は思わず叫んだ。

「来ないで！」

睨みも加えると、彼はピタッとその場に踏みとどまった。

だが、そこの位置から私の手元が見えたのだろう。

震えるような声で、カシアス様が質問を投げかけてきた。

「離婚状って……本当に離婚する気なのか？」

「はい」

「本気なのか？」

「はい」

「っ……でも、女性から離婚の申し出は――」

「ご安心ください。法が許しておりますので」

この国では基本、男性からしか離婚の申し出ができない。しかし、女性から申し出られるいくつかの例外がある。

そのうちの一つが、正妻に子どもがいないときに限り、領主もしくは次期領主の子を妊娠、出産した者がいた場合、正妻側から離婚を申し出られるというものだった。

――出戻りでもいい。

夫の第一子が私の子でないと死ぬまで貴族のゴシップネタにされたり、私の子どもがその子のせいで苦労したりするよりよっぽどマシだもの。

呆然と立ち尽くすカシアス様を無視して、私は再び離婚状の作成に着手した。

そして、完成したそれを机上に滑らせ、彼の目の前に突き出した。

「カシアス様、サインをお願いいたします」

目の前に差し出された紙に、カシアス様は動揺した様子で数度瞬きをした。

それからしばらくし、悲痛に染まった顔の彼が掠れた声で尋ねてきた。

「レオニーは、僕を好いてくれていたんじゃなかったのか？」

「っ……」

どれだけ私の心を殺したら済むのだろうか。

気付いていただなんて、知りたくなかった。

少なくとも、結ばれる未来が断絶した今は。

「嫌いです」

「えっ……」

「今日をもって、あなたが嫌いになりました。二度と関わりたくありません。早くサインをしてください」

彼が望む通りの答えを告げる。

カシアス様はこう言えば納得するのだ。

皮肉なことに、これもこの七年をともにして学んだことだった。

「こちらを」

書きやすいようにと、私は彼にペンを差し出した。

すると、彼は躊躇いながらもようやくペンを手に取り、いつも彼が書くものより不格好なサインを綴った。

「……それでは、私は実家に戻ります」

「えっ⁉　そんなすぐだなんてっ……」

「急がないと、白い結婚だと認められなくなるでしょう」

いつもの私だったら、くよくよして何の行動も決定もできなかっただろう。

しかし、すぐに離婚を決意できたのは、まさにこの問題があったからこそだった。

子ども同士の結婚の場合、初夜は十八歳以上にならねば迎えてはならない。

この法律には子どもを守るためという目的がある。

しかし、あくまでそれは一側面であって本来の目的は別にあった。

それは、政略結婚を継続する理由がなくなった場合、十八歳未満は容易に離婚できるようにするというものだった。

要するに、白い結婚の保証性を高めるという目的だ。

もちろん、この法律を守らない夫婦もいる。

しかし、たいていの貴族は万が一のためにと、家門全体でこのルールを厳しく守っている。

よって、白い結婚の証明が成り立っているのだ。

私は明日十八歳の誕生日を迎える。

タイムリミットはすぐそこまで迫っていた。

「実家に戻りお父様のサインをもらい次第、教皇庁にこちらを提出します」

着の身着のままでも最悪どうにかなるだろう。

私は最低限の荷物をまとめて離婚状を手にすると、カシアス様を置き去りにしたまま馬車へと向かった。

「奥様、お出かけですか？　どちらに向かわれます？」

あまりに荷物が少なかったからだろう。

にこにこと愛想よく微笑みかけてくる御者は、馬車置き場に来た私が近場へ出かけると勘違いしているようだった。だが、今日は違う。

私は決まりの悪さを感じながら、その御者に目的地を伝えた。

「私の実家……メルディン侯爵家までお願いします」

そう告げたときだった。

「待ってくれ、レオニー！」

振り返ると、駆けて前髪を乱したカシアス様と対峙した。

「何でしょうか？」

「どうか、もう一度考え直してはもらえないだろうか？　その……」

彼は御者を一瞥《いちべつ》すると言葉を濁した。

だからこそ、私ははっきりと言葉にして伝えた。

「離婚は撤回いたしません。しばらくしたら、離婚証明書をお送りするので受け取ってくださ い」

私は彼にそう告げて、戸惑い動揺する御者に指示を出して馬車に乗り込んだ。

そして、扉を閉める前に絶海の孤島に一人取り残されたような表情をする彼に、私は最後の言葉をかけた。

「どうかお幸せにとは言えませんが、さようなら」

きっと、十八歳になるまでに離婚状を提出することは間に合わないだろう。

しかし、この家を十七歳の私が出たという事実があるだけで、噂が広まり白い結婚は保証される。

——これで良かったのよ。

扉を閉め、独りで自分の心にそう言い聞かせる。

すると間もなく、馬車が動き出した。

道の石が多いのか、馬車はいつにも増してガタガタと音を立てながら進んだ。

いつもなら煩わしい音。

だが今日の私はその音を頼りに、初めて声をあげて泣いた。

こんな終わりが来るとは思ってもみなかった。

私の初恋と七年続いた結婚生活は、私の誕生日前日に、夫からよその女との間に子どもができたことを知らされるという最悪な形で幕を引いたのだった。

第四章　氷の公爵

秘書のアルベールから婚約者の不貞の報告を受け、シャルリーは苛立つ気持ちで独り言ちた。

「はぁ……また面倒なことを……」

シャルリーは皆が社交界の華としてもてはやす婚約者の顔を脳裏に映し出し、苦々しい表情で眉をひそめた。

シャルリーにとって、プリムローズは非常に厄介な存在だった。

彼女はいつもシャルリーの愛を欲しがっていた。

それも、自分という人間が愛されるのは当然という態度で。

だが、彼から見たプリムローズは決してその価値があるほど、魅力的な人間ではなかった。

人々が口を揃えて言うだけあって、確かにシャルリーから見ても彼女の美貌には卓越したものがあった。

しかし、その彼女以上の美貌を持つシャルリーにとって、彼女の見目は愛する理由になるほどの魅力ではなかった。

そもそもシャルリー自身、自他ともに見目への興味関心が薄いのだ。

じゃあ性格はどうか？

彼にしてみれば、プリムローズの性格は顔よりももっと魅力がなかった。

彼女には二面性があり、シャルリーはそのことに最も手を焼いていたのだ。

貴族たちの前にいるときの彼女は、愛嬌がありながらも平身低頭でしおらしい、まさに見本のような令嬢だった。

しかし、留守の間に勝手に公爵邸に来ては、あたかも女主人のように使用人に高圧的な態度をとるといった裏の顔も持ち合わせていた。

せめて来るなら、使用人への態度を直せと彼女に指摘すると、「私よりも使用人が大事なの？」と金切り声を上げられる。

だが使用人のほうが大事なことは事実のため、「ああ、そうだ」と答えれば、彼女はさらに怒って泣き出してしまい、シャルリーとしては非常に面倒くさい存在だった。

その彼女が今度は浮気、いや、既婚者とだから不倫をしでかしたのだ。

頭が痛くならないわけがなかった。

「シャルリー様、婚約は破棄されるのでしょうか？」

「当然だ。少なくとも、お前が買収した医者の妊娠の話が本当なら絶対にな」

秘書のアルベールの問いかけに、シャルリーは疲れ切った様子で答えた。

すると、そんな彼にアルベールは更なる言葉を続けた。

「ですが彼女と婚約破棄なさった場合、クローディア公爵家に釣り合う未婚の令嬢はおりません。それはどうなさるおつもりで？」

「それについては、改めて検討だ。いざとなれば、養子も考えねばな……」

シャルリーは前髪をかき上げると、たまらず重い息を吐いた。

目を閉じる彼は、脳内でさまざまな計算をしていた。

そして再び目を開くと、彼はアルベールにある指示を出した。

「ルースティン侯爵夫妻について調べてくれ。あちらに対する対処も考えねば」

◇◇◇

それから数日後、クローディア公爵家の談話室で、シャルリーは強張った表情のカシアスと、今にも泣き出しそうな顔で震えるプリムローズと対面していた。

真っ先に口を開いたのは、カシアスだった。

「クローディア公爵。実は、あなたに謝らねばならぬことがあり参りました」

口を開いたカシアスに、シャルリーは鋭い眼差しを向けた。

氷の公爵、無慈悲な冷血漢——そんな異名を持つシャルリーの視線を受けたカシアスは、たったの二歳しか変わらぬ彼のその瞳だけでさらに委縮した。

しかし、それでも彼は何とか捻り出すように言葉を発した。

「あなたの婚約者であるプリムローズ嬢と、私は不義を働いてしまいました。その結果、プリムローズ嬢が私の子を宿しました……」

シャルリーはその言葉をただただ淡淡と聞いていた。アルベールからすでに聞いていたため、特に驚くこともなかった。

それに、プリムローズが自分を裏切ったと知っても、悲しみや傷付いたという感情は一切湧かなかった。

「そうか」

シャルリーがただ一言、それだけを返すと二人は目を見開いた。

「シャルリー様……怒ってないのですか?」

プリムローズが上擦った小さな声を発する。それに対しても、シャルリーは感情の起伏なく淡淡と返した。

「怒ったほうが良かったか?」

「い、いえ……」

プリムローズは何とかそれだけ口にすると、怖がるように顔を伏せた。

カシアスもシャルリーの言葉に完全に呑まれ、話せなくなってしまった。

だが、シャルリーは暇ではない。

彼はもうすでに決めてあった決定事項を、二人に告げた。

「分かっているだろうが、婚約破棄は確定だ」

「はい……」

プリムローズが返した返事に、シャルリーは違和感を覚えて片眉を上げた。

少しは抵抗すると思ったのに、彼女があまりにもあっさりと婚約破棄を受け入れたからだ。

いや、抵抗されないほうがいいのだが……。

「今日はえらく素直なのだな」

探りを入れるべくシャルリーがそう尋ねると、彼女は横目でチラッとカシアスを一瞥してから口を開いた。

「実は、カシアス様が離婚することになったのです」

その言葉を聞き、シャルリーはカシアスに視線を戻した。

「ルースティン侯爵、それは本当か？」

「はい。妻がそう申し出たもので。また、私たちに再婚するようにと妻が願い出たのです」

願い出ただって？

シャルリーはカシアスの言葉に、つい鼻で笑いそうになった。

頭の中が花畑という言葉があるが、まさにこの二人を指すのにうってつけな言葉だと思った。

だが、いちいちそれを言葉にはせず、シャルリーは別のことを返した。

「そうか、ちょうどいい。私も願い出たいことがあったのだ。いや、守ってもらうべきことと言ったほうが正しいか」

シャルリーの意味深な言葉に、カシアスがピクリと反応して尋ねた。

「どういったことでしょうか……」

カシアスは、敵の攻撃に構えるかのようにシャルリーの言葉を待った。

そんな彼に、シャルリーは淡淡と口を開いた。

「それは――」

◇◇◇

「そのように生温い対応でよろしかったのですか？」

二人が帰った後、同席していたアルベールが、書類に目を通しているシャルリーに声をかけた。

「結婚前提に貸した財産の返却と、子どもの月齢を偽らないこと？　もっと仕返ししてやればよかったんですよ。そしたら、使用人たちの溜飲も下がったでしょうに」

「いいんだ。やり返しすぎたら、逆に面倒が増える可能性が高い。あと、もう一個忘れているぞ」

「何ですか？」

「俺もあの二人同士で再婚するように言った」

シャルリーはそう答えると、ふと何かを思い出したように顔を上げてアルベールに視線を向けた。

「ところで、調査結果はまだか？」

調査結果とは、ルースティン侯爵夫妻のことについてだ。でも、カシアスについてはだいたい把握できた。

そのため、彼が今知りたかったのは妻レオニーの情報だった。

長年シャルリーの右腕を務めるだけあって、アルベールはすぐにそれを察した。

直後、コホンとわざとらしく咳をして後ろ手を組み、彼は暗記済みの調査結果を諳んじ始めた。

「妻のレオニー夫人ですが、髪は灰茶色、目は天色で、貴族たちからは凛とした品がありながらも、柔らかく甘美な面立ちの方だという評判が――」

「そんな見目の情報なんかはどうでもいい。家門と今の状況と、せめて性格についてのみ話せ」

「ああ、そうでしたか」

アルベールはそう告げると、今度こそレオニーの置かれた状況と、メルディン侯爵家について説明をした。

もちろん、噂として耳にする彼女の性格についても漏れなく伝えた。

「そうか、分かった」

一通り聞き終えたシャルリーは考え事をするように、こめかみに指を添えて目を閉じた。

そして、再び開くと一枚の便箋を取り出した。

「どなたにお手紙を？」

アルベールが黙々と手紙を書き綴るシャルリーを見て、不思議そうに尋ねる。

そんな彼に対し、シャルリーは手紙を送る相手の名を口にした。

「レオニー・メルディンだ」

第五章　届いた手紙

私が家に戻ると、メルディン侯爵家は騒然とした。

「レオニー、どうしてここに⁉」

「連絡もなしに来るなんて、今までなかっただろう？」

「何かあったの？」

完全に日が沈みきると同時に家に着いた私に、出迎えたお母様とお兄様、お兄様の妻のセシリー様が、驚きと心配の両方が混じった声をかけてきた。

だが、ここで説明するわけにはいかない。

私は彼らの質問に答える代わりに、最重要人物の居場所を尋ねた。

「お父様はどこかしら？」

「書斎にいるはずだけれど……」

良かった。

三人には、お父様に話してから説明しよう。

「お父様に話があって来たの。急いでいるから、悪いけど三人への説明は後にさせてちょうだい」

私はそれだけ伝えて、何ごとかと混乱している様子の三人を背にお父様の書斎へと向かった。

――サイン……してくれるわよね。

この国の貴族女性は、夫のほかに出身家門の領主の許可が無ければ離婚はできない。そのため、私が離婚するにはお父様の離婚承認サインが必須だった。

だからこそ、私はこんなにも急いでメルディン侯爵家に帰ってきたのだ。

しかし数分後、私の期待は見るも無惨に砕け散った。

「サイン？　するわけないだろう。政略結婚なんだぞ？」

「でも、プリムローズ嬢は妊娠しているんですよ？　それに、政略的意義はほぼないも同然じゃないですかっ……」

「はあ……。後見人を任せられたのに、放棄する奴と見なされるじゃないか。トル公爵家には抗議をしておく。とにかく、私は離婚には反対だ。認知を拒否して、結婚生活を続けたらいいじゃないか」


お父様はどこまでも利己的な人だった。

娘がこんな状況に置かれていると知ってもなお、この態度なのだ。

少しでも期待した私が馬鹿だった。

よくよく考えたら、十歳の娘の結婚を勝手に相談もなく決めてきた人だ。

最初から期待するだけ無駄だった。

「そんなの絶対に嫌です。お父様がサインをくれるまで、私はここにいますから」

「滞在は許可するが、ほとぼりが冷めたら帰りなさい」

「いいえ、絶対に帰りません。サインをもらいます」

私が負けじと言い切ると、お父様は面倒くさそうに感じ悪くため息を吐いた。

「誰に似てそんなに頑固なんだ？　優しいその見た目通りの性格だったら良かったのに……」

「顔はお母様似ですが、きっと頑固さはどこかの誰かさんに似たのでしょう」

私がそう言うと、お父様は困り果てた表情になり、しっしと手を払って私に退室を促した。

「明日また来ます」

◇◇◇

――どうしてこんなにもサインをしてくれないの？

私は帰って来た日から、毎日お父様に承認のサインを頼んでいた。

しかし、お父様は頑なにサインをしてくれなかった。

お母様たちも私が帰ってきた理由を知ると、最初こそ味方をしてくれた。

だというのに、一週間も経てば私が実家に居続けることに、微妙な顔をするようになっていた。

どうも、私がいない七年間に慣れていること。三年前に結婚してから同居しているセシリー様に、気まずい思いをさせていることがその理由のようだった。

確かにセシリー様には申し訳ないと思う。

だけど、私だって人生が懸かっているのだ。

彼女の気まずさを理由に、簡単に折れることなどできなかった。

「そんなに私が間違っているというの？　私が離婚しようとすることは、そんなにもいけないこと？」

ついに今日、私はお兄様に呼び出されて離婚を諦めろと言われた。政略結婚なのだから割り切って考えろ、あちらの使用人たちも困るだろうとも。

確かに、一理ある言葉だった。

しかし、どうしても私はその言葉を受け入れられなかった。

「私が皆を困らせているの……？」

誰の返事も返ってこない実家の客間の椅子に座り、私は目に溜まる涙が流れぬよう天を仰ぎ両手で顔を覆った。

カシアス様の相手が平民や流浪《るろう》の踊り子ならまだしも、歴史ある公爵家の令嬢が母で、しかも産まれてくる子どもは当主の第一子。

そうとなれば、いくら正妻の子でなくとも、認知していなかったとしても、トラブルの元になるのは明白だった。

そんなトラブルが生じるのを分かったうえで、その苦労を私のまだ生まれぬ子どもに強いるようなことはしたくなかった。防げるのなら、防ぎたかったのだ。

それに、私の想いを知りながら、私との初夜を迎える前にプリムローズ嬢と不貞を働いた彼が、今はとても気持ち悪い人のように思えて仕方なかった。

――それなのに、どうやって彼とこれから夫婦生活を送れというの？

絶対に嫌よ。

「はあ……希望がなさすぎる……」

あまりの味方のいなさ加減を痛感し、思わず独りで嘆き声を上げた。

私の抱える問題に対して、味方でいてほしい人たち皆が他人事すぎるのだ。

「……私自身も、どうしてこんなにも非力なの？」

そう呟くとほぼ同時に、小気味よく扉をノックする音が聞こえた。誰だろうか。

「お入りください」

「失礼いたします。お手紙をお届けに参りました」

入室してきたメイドの言葉を聞き、嫌な予感が過った。この家へ私宛の手紙を届ける人なんて、一人しか思いつかない。

「カシアス様からでしょうか？　捨てておいてください」

一封の手紙を手に持ったメイドは、私の言葉を聞くと慌てた口調で訂正を入れた。

「ルースティン侯爵様からではございません」

「えっ、では誰からです？」

「送り主の名はありませんが、この蝋封の紋章は……クローディア公爵家のもののようです」

「クローディア公爵家？」

クローディア公爵といえば、プリムローズ嬢の婚約者の家門だ。

もしかして、公爵様からの手紙なのかしら？

「では、受け取ります。ありがとう」

私はキュッと口角を上げて笑うメイドから手紙を受け取り、彼女が退室してから封を切った。

すると、中から美しい字体で綴られた手紙が出てきた。

【重要な話があるため、一度会って話す機会を設けてほしい】

ざっくりまとめると、そんな内容だった。

手紙の文末には、これまた流麗にクローディア公爵であるシャルリー・クローディアの名が綴られていた。

いったい彼は会って何を話すつもりだろうか。

私と彼の共通点と言えば、この不貞の被害を受けたこと。

きっと、それに関する話だろうということだけは、予想を立てることができた。

――一度だけなら、会ってみましょうか。

私は先ほどのメイドに頼んで手紙を用意してもらい、彼へ了承の返信を送った。

◇◇◇

私はクローディア公爵邸に向かっていた。

公爵様が、わざわざメルディン侯爵家に馬車を遣わせてくれたのだ。

その道すがら、私は今から会う公爵様に関する情報を、脳内でかき集めていた。

私が知っている公爵様の情報は、仕事の手腕は素晴らしいものの、冷血、冷酷、冷徹の三拍子が揃った性格がゆえに、〝氷の公爵〟という異名を持っているというものだった。

あとは、銀世界を溶かし込んだかのような美しい銀髪に、紺碧の瞳を持つ綺麗な顔立ちの人という情報を持っているくらいだろうか？

同じ社交の場に参加していたこともあったが、話す機会などなかった私は、情報といえるほど公爵様の情報を持っていなかった。

「今日はどういったご用件で私を呼んだのかしら？」

公爵様からの大事な話というものに未だ見当がつかず、私はずっと考え事をしながら馬車に揺られていた。

そうしていると、いつの間にかクローディア公爵邸に到着していた。

馬車を降りると、背が高く物腰柔らかいアルベールと名乗る男性が出迎えてくれた。

そして、私はその彼の案内に従い、公爵邸のある一室の前へとやって来た。

「そんなに緊張なさらなくて大丈夫ですよ。シャルリー様は面白い方ですから」

「そうなのですか？」

「はい。このアルベールが保証しましょう！」

――保証も何も初対面でしょう？

そう思いながらも、私は胸を張り調子のいい発言をする彼に少し救われた気分になりながら、公爵様がいるという部屋に入室した。

「よく来てくれた。そこにかけてくれ」

部屋に入るなり、カシアス様よりも背の高い美麗な面立ちの男性が私を出迎えた。

「し、失礼いたします」

私はその眩い相貌を見上げ少し背筋を伸ばしながら、言われるがまま椅子に腰かけた。

すると、公爵様も椅子に座り落ち着いた様子で口を開いた。

「私は決して面白い人間ではないが、先ほど案内をしていた男が言っていた通り、緊張する必要はない。どうか楽にしてくれ」

「は、はい……」

聞こえていたのかと内心ひっそり驚きながら、私は改めて公爵様に向き直り声をかけた。

「公爵様、大事なお話があると伺いました。お聞かせ願えますでしょうか？」

「ああ、その話をしたいところだが……その前に、互いが知っている情報の擦り合わせをしたい」

公爵様の提案は、至極真っ当なことだった。

こうして、私たちは互いに情報の擦り合わせをし、二人の不貞と妊娠を知っていることと、私が実家に戻っているという情報を共有した。

すると、ほぼ無表情に近い公爵様が、不思議そうに首を傾げて訊ねてきた。

「ところで、離婚状を教皇庁にまだ提出していないようだが、本当に離婚するつもりはあるのだろうか？」

すごい。公爵様となれば、情報収集の伝手もレベルが違うのね。

「はい、もちろん離婚するつもりです。いえ、絶対に離婚いたします」

今の状況でこう答えるのはどうかとも思ったが、曲げない意志があると誰かに知ってほしくて、公爵様に断言しきる形で伝えた。

もっとこの本気度が伝われという思いで、彼の目をジッと見つめる。

すると、公爵様が真顔のまま再び口を開いた。

「そうか、あなたの離婚の意志は十分に伝わった。なら本題に入れる。実は今日、あなたを呼んだのはある提案があったからだ」

「提案……ですか？　どういったものでしょう」

もしかして、彼らへ一緒に復讐しようとでも言われるのだろうか。

それなら死んでもごめんだ。

私はどんな形であろうと、もう金輪際二人に関わりたくなかった。

――もし復讐目的だったら断ろう。

何を言われるのかと、自ずと膝上で重ねた手に力が入る。

彼はそんな私の手を軽く一瞥した。その後、真っ直ぐな瞳で私の目を見つめながら、その提案とやらを口にした。

「私たち二人で結婚しないか？」

第六章　その提案をお受けしたく存じます

まるで呼吸でもするかのように彼がサラリと告げた言葉は、私の理解の範疇を超えていた。

「け、結婚？　私と公爵様がですかっ……？」

聞き間違いではないだろうか。

激しく動揺しながら尋ねる。

すると、公爵様は間違いではないと強調するかのように、私から目を外すことなく頷いた。

先ほどの口調とは正反対の、深く重い頷きだった。

「どうだろうか？」

「どうと言われましてもっ……。なぜ、その結論に？」

まったくもって分からなかった。

彼は冷徹な人だと聞く。もしその話が本当ならば、落ち着いて物事を見通せる人のはずだ。

しかし、今の彼の発言は血迷った人の言葉としか思えなかった。

すると、私のその戸惑いを察したのだろう。

公爵様は長い足を組み直し、落ち着き払った様子で口を開いた。

「白い結婚とはいえ、あなたは夫である侯爵と七年も同居していた。よって、恐らくルースティン侯爵家よりいい嫁ぎ先には巡り会えない可能性が高いだろう」

確かにその通りだった。

いくら白い結婚が保証されるとはいえ、結婚歴がない同年代の令嬢のほうが、配偶者として求められやすい。

それに、問題がない家ほど高い理想基準を設けるのだ。

否が応でも、己の立ち位置を実感せざるを得なかった。そんな私は、焦燥に駆られながら彼の話にさらに耳を傾けた。

「一方、私も婚約破棄をしたことで婚約者を失った。だが、その代わりとなる令嬢もいない。よって、クローディア公爵家が他家門よりもいい嫁ぎ先とは断言できないが、あなたに結婚を提案したのだ」

つまり、余り者同士で結婚しようということよね。

確かに彼からすると、元婚約者と同い年の侯爵令嬢の私は、結婚相手に都合がいいのかもしれない。

彼女の穴を埋める代替として、私はまさに手っ取り早くうってつけだったということなのだろう。

「そういうことだったのですね……」

彼の提案は非常に合理的だった。

結婚をして家門を存続させることも、貴族の大事な義務の一つだ。それを、私たち二人で果たす方法を彼は提示したのだ。

正直なところ今の私が結婚できる人は、かなり上に年が離れた人か、家門の資金繰りが厳しい人というのが無難な結論だった。

もしそれがどうしても嫌ならば、私に残された道は修道女になること……。

そう考えると、彼と私が結婚することは非常に理に適ったよい手段のように思えた。

公爵様は厳しい人だとは聞くが、後ろ暗い噂はたったの一つも聞いたことがない。

それに、利害の一致による結婚だから、公爵様も利を損なうようなことなどしないはずだ。

背に腹は代えられない。

最終的に、私は自身の本能的な判断力にかけてみることにした。

「っ……その提案をお受けしたく存じます。ですが……」

もしそうするのであれば、私にはなおさら解決せねばならぬ問題が立ちはだかっていた。

「だが、どうした？」

「実は、父が離婚を認めてくれず、離婚状にサインをもらえていない状態なのです。そのため、未だに離婚できずにいまして……」

冷静に伝えるつもりだったが、やはり悔しさが込み上げ奥歯を強く噛み締める。

すると、公爵様は片眉を上げる以外は表情を一切変えず、淡淡とした様子で声をかけてきた。

「もう一度確認するが、私との結婚を受けてくれるのだな？」

「は、はい……？　可能であればですが……」

どうして再びそんなことを？　と首を傾げる私に、公爵様がこれまた真顔のままで言葉を続けた。

「それならば私が侯爵家に赴き、メルディン侯爵を説得しよう」

◇◇◇

――本当にお父様を説得できるのかしら？

私はそわそわと落ち着かない気持ちを抱え、隣に座るその人の言葉に耳を傾けながら、正面の人物に目をやった。

「つまり、離婚したら公爵様がうちの娘と婚姻を結んでくださるということでしょうか？」

お父様は権力者センサーが働いた様子で、公爵様の話を食い気味に聞いている。その姿は、本当に恥ずかしく情けないものだった。

しかし、公爵様は気にする素振りすら見せず、理路整然と応答した。

「はい、左様です。そのため離婚状にメルディン侯爵のサインをご一筆いただきたいのです」

すると、公爵様の話にうんうんと相槌を打っていたお父様が、突然満面の笑みを浮かべて口を開いた。

「もちろん書きますとも！　何なら今ここで書きましょう。ほら、レオニー。早く持ってきなさい」

そう告げられ、私は本当に離婚状を部屋に取りに行った。そして離婚状を持ち談話室に戻ると、あんなにいつも険しく眉間に皺を寄せていたお父様が、うっとりとした笑顔で私を出迎えた。

「レオニー。さあ、それをこちらに」

「っ……はい」

言われるがまま差し出したところ、お父様は奪うかのごとくめいっぱい腕を伸ばして離婚状を手に取り、それはご機嫌な様子でサラサラとサインを綴った。

どれだけ頼んでも書いてくれなかったのに、それはもう呆気なく。

――こんなにすんなり書くなんて……。

安心の反面、ただただショックだった。

実の娘である私の人生がかかった切願よりも、お父様にとっては体裁や利益のほうがずっと大事だと分かったからだ。

このことは、お父様にはこれから一切期待してはならないという、大きな学びにもなった。

「クローディア公爵、これでいいですかな？」

「はい。ありがとうございます」

「いえいえ、とんでもない。では、この離婚状を教皇庁に提出し次第、すぐにでも結婚を――」

「ちょっと待ってください」

私はお父様が言わんとすることを察し、言葉を続けた。

「私たちは少なくとも半年は結婚できませんよ」

「は？　どうしてだ⁉」

私の言葉にお父様は疑問の声を漏らした。目も見開き、どうやら驚愕している様子だった。

まあ、無理もない。

私も今回離婚するにあたって、家の蔵書室にある法学書を読んで調べるまで知らなかったもの。

女性の離婚に縁のないお父様が知らないのも、ある意味当然だった。

「女性は離婚後、一律半年は再婚が禁じられているのです」

「聞いたことがないぞ？　男は離婚した次の日でも――」

「だから、女性はと言っているのです」

私がそう告げるも、お父様は未だに信じ難いと訝しげな眼差しを向けてくる。

だが、そんなお父様に対し公爵様が補足した。

「彼女の言う通りです。離婚後半年間、女性は一律再婚を禁じられております。そこで提案があるのですが……」

公爵様の視線が、お父様から私に移ろった。

私への提案ということだろうか？

「どうされましたか？」

「その半年間、我がクローディア公爵家で過ごすのはいかがでしょうか？　もちろん任意ですが、いずれともに暮らすことになりますので」

突然の提案に何と答えようか考えていると、そのわずかな隙にすかさずお父様が口を開いた。

「よろしいのですか⁉　いやぁ、助かります！　実のところ、兄夫婦もいますし、皆、この出戻り娘の存在が煩わしく困っていたのです。ぜひ、よろしくお願いいたします！」

今日一の笑みを浮かべるお父様を見て、虚しさとともに涙が込み上げそうになった。

私がいったい何をしたというのだろうか。

どうして、これほどまでの言い方をされないといけないのだろうか。

怒りや悲しみとともに涙が溢れそうになる。

しかし、私はそれを表には出さず、アルカイックスマイルを浮かべ必死に平気なフリを続けた。

そのとき、顔色一つ変えずにお父様と話していた公爵様が、私を見つめ続けていることに気付いた。

それと同時に、私と目が合った公爵様が声をかけてきた。

「あなたはどうしたい？」

……初めて私を見てくれる人がここにいると思った。

すると、自ずと私の口から言葉が零れ落ちた。

「その提案をお受けしたく存じます」

私のその答えを聞くと、公爵様はほんのわずかに口元に笑みを湛えて一度深く頷いた。

かと思えば、彼は再びお父様に視線を戻し、ゾッとするほど冷ややかな眼差しを向けて告げた。

「それは良かった。ここにいては彼女に毒ですから。……この家の誰よりも、彼女を大切にすると約束しましょう」

第七章　必要最低限

公爵様の発言により、その場の空気は凍り付いた。

しかし、何としてでも私を公爵家に嫁がせたいお父様は、苦笑いを浮かべるだけで何も言い返さなかった。

それから三十分後、お父様との話し合いが終わった公爵様を見送るため、私は彼と二人で玄関に移動していた。

「本日はありがとうございました」

結局、公爵様主導であれよあれよという間に話が進められ、両家の間で二つの盟約が結ばれることとなった。

一つは、婚約することはメルディン侯爵家とクローディア公爵家間だけで内密にすること。

もう一つは、ちょうど半年後にある建国祭の場を借りて、私たちの結婚を発表することだ。

「……いつから公爵家に来られそうだ？」

「離婚状を提出し次第、公爵様がよろしいタイミングに合わせます」

「そうか。離婚状は今日提出できそうか？」

「はい。これから教皇庁に向かう予定です」

「ふむ……それなら、明日から来るといい。馬車を遣わせよう」

今日の話で色々と察したのだろうか。

顔色は変えていないし、同情的な声音ではなかったが、彼が意図的にその判断を下したことだけは分かった。

「ありがとうございます。では、明日お伺いします」

そう返事をすると、彼は目で頷き無駄一つない動きで馬車に乗り込んだ。

それを合図にゆるゆると動き出した馬車の背を、私は姿が見えなくなるまでしばらく見つめ続けた。

その後、私は一度邸内に戻ってから、お父様とともに教皇庁へ離婚状を提出しに行った。

待ちに待った離婚成立により、解放感に伴う高揚が胸を駆け上がる。

しかし、感情の高ぶりが冷めた後の心には、ほろ苦い後味が残った。

◇◇◇

かつては新鮮だった道のりを馬車に揺られながら、私は再びクローディア公爵家に向かっていた。

その道中で思い出すのは、先ほどメルディン侯爵家を出たときの会話だった。

「レオニー、くれぐれも公爵によろしくな。いやぁ、お前のことを見直したぞ。クローディアとのつながりで、メルディン侯爵家はこれからもっと――」

「お父様」

「ん？」

「どうか、期待なさらないでください」

私の発言を聞くや否や、お父様は訝しげに顔をしかめた。

「……どういうことだ？」

思わず身体が強張る。

しかし、私は平静を装いながら答えた。

「結婚後、私は積極的にクローディアの恩恵をメルディン家に施すつもりはございません」

「なぜだ⁉」

なぜかって？

本気で分からないのかしら。

私は泣きたい気持ちで自嘲の空笑いを堪えながら、お父様の質問に答えた。

「これ以上、あなたの便利な道具になるつもりがないからです」

「何を……！　お前を育てる金は誰が出したと――」

「はい。ですから、積極的にと申しているのです」

本当は少しでも嫌だが、領民のためにはそんなことを言ってはいられない。

私は度し難いという表情で瞳を揺らすお父様に、最低限の言葉をかけた。

「数日間お世話になりました。邪魔者はこれにて消えますので、ご安心ください。それではごきげんよう」

そう告げると、お父様はどうしたことか愕然とした様子で口をパクパクとさせていた。

その顔を思い出しながら、私は馬車の壁に頭を預けた。

――あまりにも、子どもっぽすぎたかしら……。

今の私はどうにも、心が狭量になっているようだった。立て続けに蔑ろにされたからだろうか。

どこか自棄な陰鬱さを覆い隠したくて、私は目を閉ざした。

そのとき、ふと公爵様の言葉が脳裏を過った。

『この家の誰よりも、彼女を大切にすると約束しましょう』

……意外だった。

しかし、だからといって、私もこれを鵜呑みにして期待する気はない。

どうやら私の心には、思った以上に大きな傷がつけられていたようだった。

◇◇◇

公爵邸に到着し馬車から降りると、以前と同じ人物が私を出迎えてくれた。

「ようこそお越しくださいました、レオニー様」

「アルベールさん、お出迎えありがとうございます」

私が彼の名を告げると、丁寧にお辞儀をしていた彼が跳ねるように顔を上げた。

「私の名を、覚えていてくださったのですか？」

「え？　は、はい……つい先日教えていただきましたから」

そんなに驚くことでもないでしょうに。

数度目を瞬かせながら私を見る彼の反応は、まるでこんなことが初めてだと思わせるような挙動だった。

「随分と打ち解けているのだな」

突然、横から昨日ぶりの声が耳に届いた。

そちらに顔を向けると、正装に身を包んだ公爵様がこちらに歩いて来ている姿が視界に映った。

「公爵様！」

まさか、彼が出迎えてくれるとは思ってもみなかった。

だが、これだけ綺麗な服を着ているということは、偶然出かけるところだったのだろうか？

「もしや、お出かけなさるところでしたか？」

「いや、あなたを出迎えに来ただけだが」

「えっ……でも正装を……」

意味が分からず彼の服に焦点を合わせると、公爵様はようやく納得した様子で口を開いた。

「これはあなたを出迎えるための服だ。未来の妻が来る日くらい、正装で出迎えるべきだと思ったのだが……」

「そこまでお気遣いくださったのですねっ……。ありがとうございます」

礼を告げながら、私は内心で綺麗な服を着てきて良かったとホッとしていた。

一方、公爵様は私の礼に一つ頷きを返して、腕を差し出した。

エスコートしてくれるのだと察し、私は彼の腕に手をそっと添える。

「まずは、あなたの部屋へ案内しよう」

「っ……！」

この言葉に私は背筋を伸ばし、身を引き締めた。

こうしてついに、私は客ではなく婚約者としてクローディア公爵邸に足を踏み入れたのだった。

玄関のドアを通り抜けると、使用人たちがずらりと並ぶ圧巻の光景が目に飛び込んできた。

すると、そんな彼らに公爵様が口を開いた。

「彼女はメルディン侯爵家のレオニーだ。私の未来の妻として丁重に接しろ」

「はい、承知しました」

一挙手一投足が揃った様子で、使用人たちが返事をし、目を伏せながらも顔を上げた。

その瞬間、彼らは私に決して好感を抱いているわけではないと痛感した。

どこか怪訝な面持ちの使用人たちが大勢いたのだ。

――まあ、それはそうよね。

彼らにしてみれば、なぜルースティンの嫁が？　と思うはずだもの。

しかし、例外もいた。

アルベールさんのように目をキラキラと輝かせ、目を伏せることすら忘れたように私を見つめる人もいたのだ。

ごく少数だが、どうしたことだろうかとギョッとしてしまう。

「こちらだ」

公爵様の声で我に返り、私はいったん思考を停止させて彼について行った。

それから数分後、私たちはある部屋の前に辿り着いた。

「今日からここがあなたの部屋だ」

「ここが私の……」

彼がそう言って扉を開けた部屋は、どの邸でも女主人の部屋に相当するような部屋だった。

このとき初めて、私はこの人の妻になるのだという実感が湧いた。

「失礼します」

「あなたの部屋なのだから、そのように言う必要はない」

先に入室した公爵様が私に振り返り、軽くからかうような声をかけてきた。

つい赤面してしまう。

しかし足を踏み入れると、勝手について来ていたアルベールさんを締め出した彼が私に向かって、椅子に座るよう促した。

大人しく言われた通り座る。

すると、斜め前の席に座った公爵様が口を開いた。

「これからについてだが……」

「はい」

「別に俺たちは愛し合って結婚するわけじゃない。だから、必要最低限の夫婦でいよう」

ふと、彼の本当の一人称は俺なんだなんて思った。

そんなことを考えながら、私は彼の言葉に同意を返した。

「はい。そういたしましょう」

それが互いにとって楽なのは、今の私はよく分かっていた。相手に不必要な情まで湧いてしまえば、要らぬしがらみも増える。

しかし、最初にこうした線引きがあれば、その心配もないのだ。

何となく負荷が減ったような気持ちで、わずかに私の口角は弧を描いた。

すると、その私の返事を聞いた公爵様は私の顔を見て安心したのか、続きを口にした。

「同意に感謝する。そこで一つ大事な話がある」

「はい、何でしょうか？」

「君はこれから公爵夫人、つまりこの家の女主人になる。したがって、使用人の雇用は君に任せることになるが、使用人に高圧的な態度をとるのはやめてほしいんだ」

彼は何を言っているのだろうか。

女主人は使用人にとっては最高権力者だろう。

しかし、彼らが団結すれば女主人の最大の脅威は使用人にもなるのだ。

だというのに、どうしてわざわざ高圧的な態度をとる必要が？

まったくもって、あえてこんな忠告をする意味が理解できなかった。

「当然では？　もし手に余る問題がございましたら、公爵様にご相談させていただきますが

「……」

「っ！　そうしてくれるとありがたい。だが、慣れたら君にその裁量も任せたい」

「はい、承知しました」

私が頷きを返す間も、彼は微かに目を見張っていた。

何をそんなに驚くことがあるのだろうか？

不思議な気持ちになっていると、彼はスッと真顔を取り戻し、再び口を開いた。

「あなたは……あまりにも物分かりがいいな」

「そうでしょうか？　身内には頑固だと言われるのですが」

言いなりだと思われたくない。

そんな気持ちで冗談を返すと、彼は「そうか」と言って、口元に微かな笑みを湛えた。

直後、彼はすぐに笑みを消し、今日一の真剣な表情で言葉を続けた。

「言葉を選ばずに言うならば……俺は実質あなたを利用しているんだ。家門継続のため、そして結婚という社会的ステータスを保つため、君の人生を奪ってだ」

そう言うと、彼は射貫くかのように私を真っ直ぐと見つめて言った。

「だから、君も俺を遠慮なく利用しろ」

「……本当に仰っているのですか？」

耳を疑い尋ねるも、返ってきた答えは肯定だった。だが、彼は補足した。

「分別があるあなただからこそ言った、ということだけは覚えておいてほしいがな」

彼はそう言って、肩を竦めて見せた。

最も自然体に近い彼の姿を見たような気がした。

案外、私たちはうまくやっていけるのかもしれない。

そう思った私は、自然と笑みを零して彼に手を差し出していた。

「もちろんです。……公爵様、これからどうぞよろしくお願いいたします」

そう告げると、彼は「ああ」と告げながら口元に弧を描き、私の手を握り返してくれた。

「よろしく頼む」

こうして私たちは、これからの新たな人生のパートナーとして握手を交わしたのだった。

第八章　不思議な気持ち

シャルリーにとって、レオニーという新しい婚約者はとても異質に映った。

『アルベールさん、お出迎えありがとうございます』

彼女が馬車から降りてすぐ告げたこの言葉を聞き、シャルリーは目が覚めたような気持ちになった。

ただただ当たり前のことしか言っていない。

しかし、以前の婚約者はアルベールを「あれ、これ、それ」と指示詞で呼んでいた。

それか、存在すらしていないかのように無視していただけに、レオニーのアルベールへの声がけは、シャルリーに衝撃を与えた。

その後の話し合いでも、シャルリーは驚かされてばかりだった。

あまりにもレオニーの聞き分けが良すぎたのだ。

その様子に、彼は少し危うささえ感じていた。

だが同時に、彼女は肝が据わっているとも思った。

シャルリーは絶世の美貌の持ち主だ。

しかし、その美貌がゆえ、少しでも鋭い表情をすれば迫力が何倍にも増し、人々から怖がられていた。

だが、レオニーはそんな彼と話していても、警戒したり怖がったりする素振りは見せず、笑いかけてきた。しまいには、レオニーからシャルリーに握手の手を差し伸べたのだ。

この体験や感覚は、シャルリーにとって初めてのことだった。

プリムローズはただの恐れ知らずだったが、レオニーのほうは彼女とは違う何かを感じた。

その何かが何なのかは分からないが、シャルリーは珍しく気分が良くなった。

だからだろう。

もともとそんな予定はなかったが、彼はレオニーを食事に誘ってみることにした。歓迎の意を込めて、彼女をもてなそうと思ったのだ。

すると、彼女はその誘いを快く受けてくれた。

それから、シャルリーは彼女と別れて自室に戻った。そして、違和感を覚えた自身の左頬を右手の指先で押さえ、ポツリと呟いた。

「痛いな」

◇◇◇

公爵様が話の終わりに、私をディナーに誘ってくれた。

「苦手な食べ物はないか？」

「特にございません」

「分かった。じゃあ、今からアルベールに邸内を案内してもらってくれ」

そう言うと、公爵様はスクっと椅子から立ち上がった。私はそんな彼に思わず尋ねた。

「公爵様はこれからどちらに？」

「書斎に行って仕事を処理する」

「左様ですか。では、ディナーでお会いしましょう」

そう返すと、彼は「ああ」とだけ言い残し、アルベールさんに指示を出して出て行った。

それにより、私は現在アルベールさんの案内を受けながら邸内巡りをしていた。

「アルベールさん」

「アルベールで構いませんよ」

彼は首を傾けてふわりと柔らかい濃紺の前髪を揺らし、生真面目そうな見た目とは裏腹の愛嬌ある笑みを浮かべて告げた。

「では、アルベール」

「はい、どうされました。奥様？」

ある意味聞き慣れた言葉を、慣れない場所で言われると違和感を覚える。

その呼称で呼ぶには早すぎると何度も言ったが彼は言うことを聞かないため、私は諦めて続きを話した。

「公爵様は、とてもお忙しい方なのですね」

何となくアルベールを見上げる。

すると、ちょっと引いてしまうほど満面の笑みを浮かべた彼の、爛々と輝く瞳と目が合った。

「ええ、とっても。もしや……公爵様が気になりますか⁉」

「気になるというか……まあ、これから夫婦になる仲ですから、一応……」

「ああ、なんと素晴らしい知的好奇心！　分かりました。このアルベール、奥様にすべての情報をご説明いたします！」

「あの……」

「ああ、何からお話ししようっ……！　奥様、どのような情報をご所望ですか⁉」

何だか、止められる気がしない。

そう思い、私は嬉々とした様子で邸宅案内をするアルベールの話を、延々と聞き続けた。

その後、ディナーの時間が近付いたことで、ようやくアルベールが暴走モードを停止した。

「もうすぐでディナーのお時間ですね。ダイニングに行きましょう。ご案内します」

ようやく話から解放されるとこっそり息をつく。

そんな私は、軽い足取りの彼の後ろについて歩いた。

そうしてダイニングの入り口まで来ると、ちょうど公爵様と鉢合わせた。

「では、お二人ともどうぞごゆっくり」

アルベールはそう言うと、私たち二人が席に座るのを確認してから、そそくさとどこかに消えてしまった。

思わず、堪えていた分まで深い息をつく。

そのときだった。

「そのため息は、アルベールのせいか？」

「いえ！　まあ、あの……はい」

突然声をかけてきた彼の探るような目つきに耐えられず本音を告げると、彼は微かに眉を顰めた。

「すまないな。後で忠告しておく」

「大丈夫です！　非常にためになる話もお伺いできましたから っ……」

それは本当だった。彼の話は意外と重要な内容が多かったのだ。

聞くと、彼は子どもの頃からこの屋敷にいるという。

その彼がこれまでこの邸で培ってきたノウハウや、豆知識をたくさん教えてくれたのだ。

多少暴走気味ではあったが、そのおかげで今回の邸宅案内は私にとって意外と実りあるものになっていた。

「ならいいが……」

公爵様は私の答えを聞くと、探るような目つきを少し残しながらも淡淡とした様子で言葉を返した。

すると、ちょうどそのタイミングでオードブルが運ばれてきた。

私は彼の顔色を窺いながら、その場の空気を誤魔化すように早速届いたオードブルを口にした。

刹那、衝撃が走った。

――美味しい！

ルースティン侯爵家や、メルディン侯爵家の料理人の腕が悪いわけではない。

しかし、このオードブルの味は、今まで私が食べてきたものとは一線を画するほど美味だった。

だが、公爵様は無表情のまま淡淡と食べ進めているため、私も一切喋らず食事を口にした。

それから多種多様の美味な料理が運ばれてくるなか、ようやくメインがやってきた。

だがその瞬間、私は思わずやって来た料理を見て固まってしまった。

目の前にあるのは大きな牛の肉塊、ステーキ。

私がこれまでずっと避け続けてきたものだった。

そのきっかけは、ある母の一言から始まった。

『太っている女はとっても醜いの。だから、痩せていないと皆から嫌われるわよ』

幼い頃からずっと言われ続けていた言葉だ。

まるで呪詛のようなこの言葉の影響により、私はカシアス様への恋心を自覚してからは決してステーキは口にしないようにしていた。

痩せていないと嫌われるから。

——ルースティンでは出ないのが当たり前だったから、すっかり抜かっていたわ……。

普段からあまり多い食事量を摂っていなかっただけに、これだけ食べてさらに禁忌のステーキを食べるとなると、何だかとても悪いことをしているような気持ちになった。

——どうしよう。

もし太ったら、公爵様にも婚約破棄されるかもしれないっ……。

私は形式上ナイフとフォークは手に取ったものの、そこから固まってしまった。

すると、それを不審に思ったのだろう。

食事を始めて以来、初めて公爵様が口を開いた。

「もしや、ステーキは嫌いだったか？」

「いえ、嫌いというわけではないのですが……」

肉を見れば、かなりよい部位だということは分かる。これだけもてなしてくれているのに、食べないというのは非常識すぎないだろうか。

でも、食べるのが怖い。

これは参った。

どうしよう。

そう思っていると、公爵様が優雅な手つきで自身のステーキを切り、その一切れを私の皿に載せた。

「まだ口はつけていない。試しに一切れ食べてみろ」

「えっ……」

公爵様が切り分けてくれたステーキは、一口サイズの小さめのものだった。

これだったら食べられるかもしれない。

「あ、ありがとうございます。では……」

手に持つフォークで肉を突くと、さほど力も入れていないのにスッと綺麗に刺さった。

その肉を持ち上げて、ゆっくりと口に運ぶ。

――小さいから大丈夫よ。

心のうちで自身を鼓舞し、私はパクリとステーキを口にした。

その瞬間、ジューシーな肉汁のうまみと香り高いスパイスの風味が一気に口の中に広がり、あっという間に肉が溶け消えた。

――これはっ……！

込み上げた背徳感が、心の中で止めどなくグルグルと渦巻く。

だが、やはり私の心は最終的に一つの感動で満たされた。

「とっても美味しいですっ……！」

人生史上最高に美味なステーキを口にした私の顔から、賞賛の言葉とともに笑顔が溢れ出した。

すると、公爵様がそんな私を見て「だろ？」と片眉を上げ、口元にいつもより微かに大きな弧を描いた。

「なら、もっと食べるといい」

公爵様はそう言うと、私の皿を取ってステーキを全部切り分けてくれた。

何だか自分が子どもみたいで恥ずかしかったが、私は公爵様の厚意に甘えてステーキを食べ進めていった。

その様子が面白かったのだろうか。

「俺の分も食べるか？」

私がステーキを食べ進める中、公爵様がからかうようにそう告げてきた。

その言葉につい羞恥を感じながらも、私はゆるゆると軽く首を横に振って公爵様に返答した。

「私の分はこのステーキで十分です。その代わり、このお肉の美味しさを公爵様と共有できたら嬉しいです」

「っ……ああ、ではそうさせてもらおうか」

公爵様は微かに目を見張り、ようやく自身もステーキを口にした。そして、咀嚼しながら仄《ほの》かに微笑んだ。

「確かに今日のステーキは美味しいな」

ステーキを飲み込んだ公爵様は、目が合った私に同意するかのように頷いた。

その頷きが私の気持ちを肯定してくれているようで、不思議と嬉しさが胸に溢れる。

そのおかげだろうか。

公爵様との食事は、いつもの食事よりもずっと美味しく感じられた。

第九章　今、私にできることを

公爵家にやって来てから、早いものでもう二か月が経った。

そのあいだ、私はクローディア公爵家の女主人として、ある程度の仕事を問題なくこなせるようになっていた。

皮肉なことに、七年もの長い結婚生活で得た知識と経験が大いに役立ったのだ。

仕事内容は、今までルースティン侯爵家で私が担っていた業務と、さほど変わりなかった。

家計の財務管理、使用人への指示と管理、収穫物の売買手配、慈善活動といったところだろうか。

だが、対外的に私との婚約を知られてはいけない。

そのため、現在私がメインで受け持つ仕事は、家計の財務管理と使用人への指示と管理だった。

そのほか、私から頼んで公爵様の仕事の補助作業も始めてみた。

「よし、できた！　この書類を公爵様に届けに行きましょう」

私は今しがた完成した書類を持って、公爵様の執務室を目指すべく部屋を出た。

すると、ちょうど部屋の前に立っていた執事長と出くわした。

「ああ、奥様」

「執事長、どうなさいました？」

「実はご相談がありまして。五分ほど、お時間をいただけますでしょうか？」

「はい、大丈夫ですよ」

私が返した言葉に執事長は安心した様子で微笑むと、手に持ったメモを見せてきた。

「想定よりもロウソクの減りが早いのです。どうか補充していただけませんでしょうか？」

執事長のメモには、想定量とのギャップと希望追加量が書かれていた。

その数字を見て、私は自分の勘が鈍っていなかったと分かり、ホッと胸を撫で下ろした。

「ご安心ください。もう手は打ってあります」

「どういうことでしょうか？」

余裕ありげだった執事長は、素が出たというような声で問いかけてきた。

その様子に意外性を感じながら、私は微笑みとともに返答した。

「今年は天気が悪かったので減りが早いだろうと思い、すでに発注手配を済ませました」

「この量をですか？」

「はい。ついでに公爵様から許可を得て、使用人に支給するロウソクも追加発注いたしました」

質にもよるが、ロウソクはそれなりに値が張る品。

使用人の給料だけでは何本も買えないため、公爵様に給料と追加で配給したいと提案したのだ。

『給料や支給品のことは女主人のあなたに任せる。家計でやり繰りできる範囲なら好きにしていい』

公爵様はそう言った後、一言付け加えてくれた。

『なかなかいい案だな。きっと使用人も喜ぶだろう』

この言葉をもらい、私はすぐに発注したというのが昨日の朝の話だった。

そして今日、業者から受注書が届いたため、ちょうど執事長にも話そうと思っていたのだ。

「まさか、すでに奥様が手配してくださっていたとは……。いや、奥様の能力を劣って見ていたわけではなく――」

「大丈夫ですよ、ありがとうございます。これからも何か困ったことがあれば、ぜひ教えてください」

私が執事長にそう告げたときだった。

廊下の奥から、公爵様がこちらに歩いてくる姿が見えた。

「公爵様がいらっしゃいましたね。では、これにて私は失礼いたします」

執事長はそう告げると、公爵様に一礼してその場を後にした。

「執事長と何を話していたんだ？」

彼はそう告げると、私が胸に抱えた書類に目を向け、手を差し出した。

自分宛の書類だと分かったのだろう。

私はその書類を素直に彼へと手渡しつつ、先ほどの出来事の説明をした。

「執事長がロウソクの追加発注の依頼をしにいらしてたんです」

「それは昨日のうちにあなたが済ませただろう？」

「はい。ですので、ちょうどそのお話をしていました」

私がそう告げると、受け取った書類をぱらぱらとめくって確認していた公爵様が、こちらに目を向けた。

「あなたは女主人として申し分ないな」

「そんなことはございません。ほかの家の夫人も、皆がしていることですし――」

「いいや、そんなことはない。使用人に丸投げの夫人が多いだろう」

そう言うと、公爵様は突然嘲るように鼻で笑った。

そして、私ではないある一方に視線をやって呟いた。

「あなたのような人を逃すだなんて、侯爵は本当にただの馬鹿だな」

「っ……」

公爵様が向いていたのは、ルースティン侯爵領がある方角だった。

つまり彼が指す馬鹿者とは、カシアス様のことだろう。ふと顔が思い出され、不快感が込み上げる。

しかし、その不快感は公爵様の言葉によって取り払われた。

「あなたは自分を卑下しすぎだ。もっと自信を持ってもいい。この書類だって完璧だ。助かったよ、ありがとう」

「えっ……」

そんなこと、今の今まで一度も言われたことなどなかった。

メルディン侯爵家でも、ルースティン侯爵家でも、私をこうして褒めてくれる人などいなかったのだ。

ミスなど許されず、できることが当たり前。

それが常識だった私にとって、公爵様の言葉は雷が落ちたほど衝撃的なものだった。

しかも、公爵様は淡淡と当然のごとく言うものだから、妙に説得力があるように感じた。

彼にとっては些細な言葉かもしれないが、私はそのさり気ない一言で救われたような気持ちになった。

「どうした？」

急に黙り込んだ私を不審に思ったのか、公爵様が無表情のまま顔を覗き込んでくる。

その公爵様の目は、今まで見た中で最も美しい紺碧が映し出されていた。

「不備がなくて、良かったです。どういたしまして……」

「ああ」

彼は私の言葉を聞くと、わずかに近付けていた顔をスッと離し、そのまま元来たほうへと歩き出していた。

私はそんな彼の後ろ姿を、曲がり角を曲がって見えなくなるまで見つめていた。

◇◇◇

とりあえず、今日の用事はすべて終わった。

――今日も巡回してみようかしら？

私はここ最近時間ができたら、邸内の見回りをしていた。女主人たるもの、邸を最も知らなければならないから。

しかし、その中で私はある悩みを抱えていた。

「もう少し打ち解けられる使用人も増やさないとね」

主と使用人という明確な身分差はあるが、それにしても私を怖がっている使用人が多いように感じていたのだ。

アルベールさん情報によると、どうやらそれはプリムローズ嬢のせいらしい。

どこまで彼女のとばっちりがついて回るのだろう。

なんて自嘲しながら、私はこの問題もともに解決するため一人で邸内を廻り始めた。

しばらくすると、目の前に顔を赤らめ苦しそうにくしゃみを繰り返す、均整の取れた中背の使用人を見つけた。

恐らく、私と同年代の青年だろう。

私は彼に声をかけてみることにした。

「大丈夫？　具合が悪そうだけれど――」

「お、お、奥様!?　すみませんすみませんっ……。どうかお見苦しくないよう気をつけますのでっ……」

「怒ってないわよ。どうか落ち着いて――」

「うつるものではないのです！　どうか信じてください。この季節になるといつも――」

「分かった！　とにかく一度黙って」

彼の正面に回り、唇の前に人差し指を立てる。

すると、彼は焦りながらも口を閉ざした。

今にも逃げ出したそうに目を泳がせている。

そんな彼に、私はゆっくりと声をかけた。

「もう一度言うけれど、私は怒っていないわ。具合が悪そうに見えたから、無理をしているのではないかと心配して声をかけたの」

私が黙れと言ったからだろう。

彼は声が漏れそうになったのか口をハッと押さえ、その代わり目を大きく見開いた。

私のその問いかけに、彼は手で口を覆ったままこくこくと頷く。

「分かってくれた？」

その様子がおかしくて思わずフッと笑みを零すと、彼はとても不思議そうな顔で私を見つめてきた。

「どうしたの？　そんなに不思議？」

頷きかけた彼だったが、悪いと思ったのか急速的に首を横に振った。

その困った様子があまりにおかしくて、私は堪らず笑い声をあげた。

「ふふっ、もう喋ってもいいわよ」

「す、すみませんっ……。あの、本当に失礼なのですが、怒っていないのですか？」

「どうして？」

「えっ、あの、その……去年同じ症状のとき、トル公爵家の令嬢から気持ち悪いと叱責を受けまして……」

「それは嫌な思いをしたわね。でもね、私はトル公爵家の令嬢とは別人よ」

同情しながらもちょっぴり皮肉を込めると、彼はハッとした様子で改めて背筋を正した。

しかしその直後、私から顔を背けると、持ち前の甘い顔が一気に残念になるほど盛大なくしゃみを放った。

「ずみばぜんっ……！」

彼が必死に謝罪してくる。

一方、私は彼の症状の心当たりについて考えていた。

――そういえば、この青年はうつるものではないと言っていたわね。

あと、この季節になるといつも、とも言っていた。

これって絶対にアレよね？

「あなたはミルアの花粉症なのね」

「えっ、そうなんですか？」

まさかの返しに驚いた。

花粉症の自覚もないだなんて、そりゃあ対策もできないはずだわ。

思わず目を白黒させながら驚いていると、青年は食い入るように私に質問をしてきた。

「実は、ほかの使用人たちもこの時期に限って同じ症状が出るのです！　何か治療方法をご存じではありませんか？」

唯一の情報源を見つけたとばかりに、青年が私に祈りを捧げるように両手を握り合わせ、うるうるとした眼差しを向ける。

涙自体は生理的な要因だろうが、参っているのは本当のようで、心から治すことを彼は願っているのだと伝わってきた。

「あなた、名前は？」

「私ですか？　オ、オリエンと申しますっ……」

「そう、オリエンね。私、一個だけ症状を軽減させる治療方法を知っているの」

「本当ですか⁉」

「ええ。でも、その治療をするには、必要な材料を取り寄せる時間が必要よ」

私のその言葉に、オリエンはしっぽが垂れた犬のようにシュンと項垂れた。

しかし、彼の見えないしっぽは、私の次の言葉でぶんぶんと振り回された。

「大丈夫よ。三日もあれば届くわ」

「そんなに早くですか⁉」

「そうよ。そこで、オリエン。あなたに大切な役割を任せるわ」

私の言葉に彼が喉仏を上下させ、ごくりと唾を飲み込んだ。

「大広間で治療方法を解説するから、その日までに同じ症状の使用人に声をかけて誘ってあげてちょうだい」

第十章　もしかして公爵様も？

使用人の体調管理は女主人としての仕事の一つだ。

そのため私はオリエンと別れてすぐ、治療に必要な材料を手配した。

すると、二日後には例の材料がクローディアの邸に届いた。

その日の夜のこと。

「皆さん、今日はお集まりくださりありがとうございます」

そう声をかけながら、私は大広間に集まった全使用人の約六割強の人々を見回した。

目が充血している人、鼻水が出ている人、くしゃみが出ている人が視界に入る。

中にはきっと、頭痛などの目に見えない症状で苦しんでいる人もいるだろう。

こんなにも苦しんでいる人がいただなんて。

可哀想に……。早く説明を始めましょう。

「まずは、こちらを皆さんに配給いたします。この木箱の中身を一人一つずつ取りに来てください」

使用人たちは、不思議そうに互いに顔を見合わせる。

しかし、とりあえずと言った様子で木箱へと歩み寄り、中から一つの薬瓶を手に取った。

「これは何かしら？」

「甘い香りがするな」

「香油じゃない？」

思い思いに使用人たちが予想を立て始める。

そして、最後の人物が薬瓶を手にしたタイミングで、私はその中身の正体を明かした。

「そちらはエルカーの花で作った香油です」

私の言葉を聞くと皆が首を傾げた。

どうやら、エルカー自体を知らなかったみたいだ。

だが、まあいい。

重要なのは花の情報よりも、その効能のほうなのだ。

「皆さん、ぜひこの香油を鼻下に塗ってみてください。それだけでも効果があるかと思います」

このつらい症状が塗るだけで治るわけないだろう。

そんな言葉が聞こえてきそうなほど、皆が半信半疑な表情を浮かべていた。

だが、真っ先に塗ったオリエンの声を聞くと、皆の表情は一変した。

「すごい！　嘘みたいに鼻通りが良くなりました！」

キラキラと目を輝かせるオリエンを見て、大広間にどよめきが走る。

するとその直後、あちらこちらから驚きの声が上がった。

「本当！　スーッとするわ！」

「なんてことだ。今日までどうして知らなかったんだっ……」

良かった。

皆にもちゃんと効果があったようだ。

個人差があるとはいえ、それなりに皆が実感を得られているようでホッとする。

続けて、私はさらに効果のある使い方を説明することにした。

「今ですと、恐らく特に鼻症状への効果があったと思います。ですが、全身症状への効果が期待できる使い方があるのです」

最初までの半信半疑な視線とは違い、大勢の食いつかんばかりの視線が私を射貫く。

その様子に少し苦笑いをしながら、私はどうしたものかと視線を彷徨わせた。

「できれば、見本をお見せしたいのですが……」

私の様子から何かを察したのだろう。

最前にいたメイドのリタが口を開いた。

「私がお手伝いしましょうか？」

なんと気が利く人物だろう。

だけど、今回ばかりは女性に頼めそうもなかった。

「申し出てくれてありがとう。ただ、背中を見せてもらいたいからお気持ちだけいただくわね」

「そうだったのですね！　でしたら、誰か男性が――」

リタが自分の代わりを探そうと、辺りを見回そうとした。しかし、その前にオリエンが口を開いた。

「奥様、私で良ければお手伝いします。上裸になったほうがよろしいですか？」

「いいの？　じゃあお願いするわね。皆に背を向けて立ってくれる？」

指示を出すと、彼は早々と服を脱ぎ皆に背中を向けて立った。

私は彼の背後に回り、彼の背中の一点を指して実際に香油を塗った。

「この部分に、親指の爪くらいの範囲で香油を塗ってください」

「そんなにも少量でよろしいのですか？」

「はい。多く塗っても効果の差はほとんどありません」

解説を終えると、上裸になっていたオリエンが服を着た。

それからしばらくすると、彼の身体に異変が起こった。

「あれ、お前くしゃみが止まってるんじゃないか？」

「本当だ。白目も綺麗な白に戻ってる！」

「えっ、本当ですか⁉」

周囲の人々の声を受け、オリエンは嬉しそうにぱあっと顔を輝かせた。

そして、そのまま私に向き直り嬉しそうに笑いかけてきた。

「奥様のおかげです！　ありがとうございます！」

「良かったわ。皆さんも、様子を見ながら試してみてください。エルカーの花を煮出して作るシロップも効果があります。医務室に用意しているので、必要な方は用法用量を守って適宜ご利用くださいね」

「はい！」

明るく返事をする使用人たちは、最初の怪訝そうな顔は嘘みたいに、気付けば満面の笑みを浮かべていた。

——これで私の役目は終わったわね。

こうして喜ぶ使用人の顔を見て胸を撫で下ろしながら、私はその日の解散を告げたのだった。

◇◇◇

「奥様、ようこそいらっしゃいました！」

ある日の午前、いつも通り仕事の書類を持って公爵様の部屋に行くと、笑顔のアルベールが出迎えてくれた。

「書類を届けに来ただけですから、毎回そこまで大袈裟に出迎えなくても……」

「何を仰いますか！　女主人はこの家の要。その奥様がいらしたのですから、歓迎しなければ——」

「そこまでにしておけ」

奥から、アルベールを窘める声が飛んできた。

聞こえた声に釣られ、背の高いアルベールの横からひょっこりと奥を覗く。

すると、デスクに広がる書類と睨み合っている公爵様の姿が見えた。

「公爵様、お届けに参りました」

た。

「ここに置いてくれ」

書類から視線を外すことなく淡淡と指示する公爵様に従い、私は彼のデスクの隅に書類を置いた。

そのついでに彼の顔に目を向けると、いつもとどこか様子が違うことに気付いた。

――公爵様、目が充血しているわ。

寝不足かしら？

顔もいつにも増して険しい表情になっている。

なんて思っていると公爵様が眉間に皺を寄せて、こめかみあたりを強く押さえた。

「公爵様、大丈夫ですか？」

「ん？　ああ、この季節になると頭痛がな」

「あら、公爵様も花粉症ですか？」

「……そうかもしれない」

公爵様は煩わしそうに頭を軽く振るわせた。

そして、椅子に座ったまま私を見上げた。

「そう言えば、あなたのおかげで使用人たちの体調が良くなったようだな。感謝する」

「いえ、ただ偶然知り得た知識を共有しただけですから」

知っているから教えただけと思っていたが、この件を機に使用人たちの私への態度も大きく変わった。

あの日から一か月しか経っていないが、皆が私への恐怖心をなくしたようなのだ。

情けは人のためならずとはこのことね。

なんて思いながら公爵様に微笑んだところ、ふと彼の鼻先が赤くなっていることに気付いた。

「あの、公爵様」

「？」

「公爵様もエルカーの香油をお試しになりますか？」

「いや、今回は遠慮しておく」

「そう、ですか……」

困っていそうなのに、どうして試さないのだろうか。

もしかして、エルカーの匂いが苦手なのかしら。

それか知らないうちに試して、あまり効果がなかったのかも。

——まあ、本人が遠慮するというなら放っておいたほうがいいわよね……。

私はこの公爵様の言葉を受け、無理強いは良くないだろうと思い、それ以上は何も言わずに用事を済ませて部屋を出た。

第十一章　進展する関係

「やっぱり気になる……」

公爵様の部屋を訪ねてから五時間が経過した。

しかし、私はそのあいだもずっと午前中の公爵様の姿が頭から離れなかった。

どうにも、ただの花粉症のようには思えなかったのだ。

今日の公爵様は、いつもより顔全体が赤かったような気がする。

それにいつもは凛とした目が、どこかとろんとしていたような気も。

頭痛もしていると言っていたし……。

「仕事が一段落した頃、様子を見に行ってみましょう」

そうと決めてから さらに三時間後、仕事中かもしれないが、とりあえず公爵様の部屋に向かった。

しかし、部屋に着きノックをするも、中から返事は返ってこなかった。

――アルベールも公爵様もいないのかしら？

いつもは返事をしてくれるのに……。

別の部屋に移動しているのかもしれない。

そう思ったが、一応確認しておいてもいいだろうと私はそっと扉を開けた。

直後、飛び込んできた光景に思わず声を上げてしまった。

「公爵様！　大丈夫ですか⁉」

一人掛けのソファに座った公爵様が、ぐったりと項垂れている姿があったのだ。

私は慌てて彼に駆け寄り、ゆっくりと顔を上げた。

すると、最後に会ったときよりもずっと赤い顔になり、苦しみの表情を浮かべる公爵様の顔が露わになった。

――熱があるんじゃ……。

そっと彼の額に手の甲を当てる。

案の定、正常範囲ではない熱が手に伝わった。

そのときだった。

「奥様⁉　声が聞こえたのですがって……シャルリー様⁉　どうなさったのですか？」

私の驚いた声が聞こえたのだろう。

アルベールが部屋の中に入ってきた。

「アルベール、お医者様の手配をお願いします」

「はい、承知しました……！」

こうして、私たちはバタバタと公爵様の処置に取り掛かったのだった。

◇◇◇

「これは……季節の変わり目の風邪ですね」

やって来たお医者様が、公爵様の診断結果を述べた。

「風邪ですか」

「はい。お忙しい方ですので、心労がたたり身体が弱っていたのでしょう」

確かに、公爵様はすごく忙しい人だった。

気付いたらいつも仕事をしているのだ。

恐らく、私がこなす仕事量の十倍は優にある。

心身が弱るのも当然だった。

「安静にしていたら治るはずです。それでは、失礼いたします」

お医者様はそう言い残すと、丁寧に一礼して帰っていった。それから私は、夜通しで公爵様の看病をすることになった。

冷水で絞ったタオルは、公爵様の額に載せるとすぐに温くなった。

それだけ公爵様は熱が出ているということだろう。

日中ずっとしんどかったに違いない。

私は少しでも楽になればと、何度も何度もタオルを交換した。

すると、次第に公爵様の首筋にしっとりと汗が滲み始めた。

風邪が悪化してはいけないと、乾いたタオルを用意してそっと彼の首筋の汗を拭う。

それらを繰り返していると、いつの間にか夜は明けて、公爵様の部屋のカーテンの隙間から朝日が差し込んできた。

「もう、朝なのね……」

看病に集中して、時間感覚が鈍ってしまったようだ。

時計を見れば、もう少しで朝の六時。

薬を飲ませろと指示された時間になっていた。

「公爵様」

「ん？　っ……！」

声をかけるとすぐに薄らと目を開けた公爵様は、私の顔を見るなり、力が入った様子で大きく目を見開いた。

私はその様子を気にすることなく、言葉を続けた。

「お薬の時間です。お飲みください」

そう言うと、彼は戸惑いながらもゆっくりと身を起こした。

それに合わせ、私は用意しておいた煎じ薬が入ったコップを手に取った。

「こちらです、どうぞ」

そう言って差し出すと、彼は言われるがままに受け取り、多少眉をひそめてそれを飲み干した。

その後、公爵様は自力でコップをベッド脇の机に置き、その隣の椅子に座る私を見つめ、気まずそうに口を開いた。

「悪かった……」

「お気になさらず」

「そういうわけにはいかない。あなたに迷惑をかけてしまった。すまないことを――」

「夫婦になるんですから。迷惑だなんて思わないでください」

別に私は謝罪や感謝を求めて看病したわけではない。

ただ未来の夫となる人が苦しんでいる。

だから、未来の妻として看病をしただけなのだ。

「夫婦……か」

「はい」

彼の言葉に頷く。

すると、ふと私の頭にあるアイデアが浮かんだ。

「そうだ、公爵様。私たちは夫婦になるんですから、呼称を変えてみませんか？」

「呼称を？」

「はい。私のことはレオニーとでもお呼びください」

いつまでも他人行儀だから、夫婦としての実感が欠片も湧かないのだ。

まあ、まだ婚約期間なのだが……。

「分かった。では、あなたも公爵様ではなく名前で呼んでくれ」

「名前というと……シャルリー様？」

「ああ、それでいい」

何だか不思議だ。

今まで公爵様と階級名で呼んでいたせいだろうか。

名前で呼ぶだけなのに、その人自身と接しているような気分になった。

何だか悪くない気分だ。

そう思っていると、公爵様もといシャルリー様がジッと私を見つめていることに気付いた。

「こうしゃ、シャルリー様。いかがなさいました？」

何か言いたいことでもあるのだろうか。

きょとんとシャルリー様の顔を見つめると、彼が微かに口角を上げて告げた。

「肝心なことを伝えていなかったな。世話になった。……ありがとう、レオニー」

第十二章　少しずつ通う心

レオニー・メルディンがシャルリー・クローディアの婚約者となってから四か月が経った。

その頃、ある一人の男は酷い歯がゆさともどかしさに身悶えていた。

「こうしているわけにはいかない。何とか策を打たなければっ……」

その男アルベールは、自身の主人であるシャルリーが心預けられる存在をずっと切望していた。

シャルリーは生まれたときに母親を、十歳のときに父親を病で亡くした。

その後、母方の祖父が後見人となりクローディア公爵となったのだが、この祖父こそが本当の冷酷無情を体現した厳格人だった。

シャルリーはそんな祖父と関わるようになってから、完全に心を殺すようになった。

また、あの美貌と当時の幼さゆえに、変な人間が多く彼に近付いて来た。

それらの害悪を遠ざけるため、心を殺し、より一層冷酷になった彼は、いつしか〝氷の公爵〟と言われる人間になったのだ。

アルベールは先代公爵の秘書官の息子のため、幼い頃からともにクローディア公爵邸でシャルリーを見てきた。

だからこそ、もともとは愛想が良く温厚だったシャルリーが、貴族たちから〝氷の公爵〟と恐れられていることに、ずっと胸を痛めていた。

そのうえ、母方の祖父の遺言で婚約者となったプリムローズも大ハズレ人間。

アルベールは主人であるシャルリーが不憫でならなかった。

そこに現れたのが、レオニー・メルディンだった。

彼女については、シャルリーの命令で一度調べたことがある。

だが、実際に見た彼女は人伝の情報と少し違っていた。

噂通りの甘美な面立ちの中に、聡明さまで兼ね備えた女性だったのだ。

これにはアルベールも期待した。

この人こそが、シャルリーの唯一心安らげる存在になってくれると本能的に感じたのだ。

だからこそ、シャルリーが風邪を引いて倒れた日以降、二人が互いに名前で呼ぶようになったと知り、アルベールは心に羽が生えたかのように浮き立った。

二人の心の距離が縮まったことが、自分の事のように嬉しかったのだ。

しかし、名前呼びになってから一か月が経ったというのに、二人にはそれ以上の変化がなかった。

仕事関係者のような、事務的なやり取りしかしていないのだ。

これにアルベールは焦った。

恋愛感情ではなくとも、アルベールは彼らが互いに好感を抱いていると確信していたのだ。

だからこそ、二人の関係をどうにか発展させねばならないと、彼は必死に二人の距離を縮める方法を画策した。

こうして悩み考える日が続いたある日のことだった。

「これだっ……！　この提案をすればきっと……！」

とうとうある名案を思い付いた。

ということで、アルベールは二人が一緒に揃ったタイミングを狙い、さっそく提案することに決めたのだった。

◇◇◇

「狩りですか？」

私は話しかけてきたアルベールにオウム返しをした。

「はい。二人は利害の一致で結婚なさったとは存じております。しかし、もう少し仲を深めるのもよろしいかと思いまして」

「なるほど……」

「で、その方法が狩りということか？」

心底興味なさげな声を出すシャルリー様が、面倒さを隠さぬ表情でアルベールを睨んだ。

しかし、その彼の表情に一切めげることなく、アルベールは言葉を続けた。

「その通りです！　ちなみにですが、奥様は狩りのご経験は？」

「あ、ありません……」

「だったらなおさらおすすめします！　何ごとも経験です！　狩りに成功したら、美味しいジビエ料理が食べられますし……」

「ジビエ料理ですか？」

「はい。ちなみにですが……」

そこまで言うとアルベールは腰を屈め、書類で口元を隠しながら私の耳元でそっと囁いた。

「公爵家シェフの作るローストや煮込み料理は、頬が落ちるほどの絶品ですよ」

この人、私のツボをちゃんと分かっている。

頬が落ちるほどの絶品……なんて心惹かれる言葉だろうか。気になりすぎる。

私は思わず、アルベールに顔を向けた。

彼はそんな私に、悪い笑顔でにっこりと微笑んできた。

しかし、先ほどのシャルリー様の本能が脳内で再生されたことで、途端に私のワクワク感は萎んだ。

「奥様、どうされますか？」

「っ……せっかくのご提案ですが、今回は——」

「行こう」

「え？」

聞き間違いかと思って、私は声が聞こえたほうへガバッと顔を向けた。

するとシャルリー様が私と目が合うなり、口を開いて再び告げた。

「行こう、レオニー」

◇◇◇

あれだけの一瞬でどんな心境の変化があったのか、嫌がっているようだったシャルリー様から行こうと言ってくれた。

その後、私は彼らに弓を持つこと自体が、初めてなことを伝えた。

すると、シャルリー様が手ずから弓の使い方を教え、訓練してくれることになった。

その日以来、私は毎日の隙間時間に彼から弓の使い方の訓練を受けていた。

そして本日、ついに実践的な使い方を教えてくれるということで、私は期待に胸躍らせながら、待ちに待った狩場にやって来たというわけだった。

「これを」

必要な装備を身に着け終えた私に、シャルリー様が弓を手渡す。

「ありがとうございます」

受け取った弓を握り、感触を確かめる。

すると、シャルリー様も弓を手に持ち、改めて構え方を教えてくれた。

「このポーズをとってみろ」

そう告げる彼の姿は、まるで一種の芸術作品のように美しかった。

彼に狙われた獲物は、矢を射ずとも視線だけで射止められそうな気もするが。

「どうした？」

「す、すみません。あまりに美しい姿勢だったので、つい見入ってしまいました……」

何もそこまで正直に言う必要はなかったのに。

言ってしまってはもう後の祭り。

私は慌てて誤魔化すように短く笑った後、真剣モードに切り替えて見よう見まねで彼のポーズをとった。

「シャルリー様、どうでしょうか？」

先生である彼に声をかける。

すると、淡淡としながらもいつもよりわずかに明るい声が返ってきた。

「練習のときからだが、レオニーは筋がいいな。だが、もう少し改善の余地もあるな」

「っ……！　ありがとうございます……。改善点を教えていただけますか？」

「ああ。少し触るぞ」

彼はそう言うと、弓を持つ私の左肘辺りに手を当てながら言った。

「もう少し腕を上げてみろ。肩はもっと開くといい」

彼はそう言うと、私の背中を指先で二回ツンと優しく突いた。

「ここの骨、肩甲骨を引き寄せるようにして、肩はリラックスした状態で構えるんだ」

最初は何を言っているんだと思っていた。

しかし、ここ数日の邸での訓練の成果のおかげか、今日は彼の言うことが手に取るように分かった。

「こうでしょうか？」

アドバイス通りに姿勢を正す。

すると、彼が正面に回ってからかうように言った。

「完璧だ。これなら獲物も逃げられないな」

まるで自分を獲物にでも見立てるかのようなシャルリー様に、思わず笑いが込み上げる。

「シャルリー様が逃げられないなら、私は無敵かもしれませんね」

私の言葉を聞くと、正面の彼は表情にはほとんど出さないながらわずかに苦笑した。

「なかなかおかしな冗談を言うんだな」

彼はそう言うと、後ろ手に持っていたものを手渡してきた。

「じゃあ、次は実践だ。この矢を使って、あの木を射ってみろ」

「はい」

近めの木を指さすシャルリー様に頷き、私は矢を装填し弓を構えた。

背後から見られているという状況に、何だか緊張する。

しかし、彼から学んだ通りを実践するのだと心を落ち着かせ、私はその矢を放った。

「っ！　当たりましたよ、シャルリー様！」

「ああ、上出来だ。よくやった」

振り返って彼を見上げると、言葉少なに私を褒めながら、どこか誇らしげな笑みを浮かべる彼が映った。

その表情は、まるで心から私の成功を喜んでくれているかのように思えた。

――シャルリー様は、こんな表情もなさるのね……。

いつになく機嫌が良さそうなシャルリー様。

そんな彼を見つめる私の胸には、照れくささとともに、心くすぐるような喜びがじんわりと広がったのだった。

第十三章　大切な記念日

彼に褒められたことで、私はつい浮かれ気分になってしまった。

だが、こうして浮つく私に反し冷静さを忘れないシャルリー様は、私の心を律するかのように新たな課題を出してきた。

「ではその腕を見込んで……そうだな、今度は向こうの木に当ててみろ」

「えっ、あの木にですか？　その手前の木ではなく？」

「ああ、あの奥の木だ」

できるだろうか。そんな不安が心に過る。

彼は涼し気な顔で標的となる木を指さしているが、とても私の腕の力で届く距離とは思えなかったのだ。

しかし、シャルリー様は無理を言う人ではない。

そのため、とりあえず言われるがまま矢を射ってみたのだが、あいにく矢は途中でポトリと力なく落ちてしまった。

すると、その様子を背後から見ていたシャルリー様が、こちらに歩み寄ってきた。

「もう一度構えてみろ」

「もう一度ですか？　きっと、また届かないような気がしますが……」

「大丈夫だ。今度は俺が補助してみよう」

補助とはどういうことかしら？

分からないけれどとりあえず頷き、私は再び矢を引き、弓を構えた。

そのときだった。

「えっ、シャルリー様？」

突然、背中の広範囲に硬い温もりを感じた。

その直後、彼の左手が私の左肘に添えられ、右手は私の右の前腕を包み込むように下から添えられた。

「この型を覚えるんだ」

「っ……」

どうしてこんな状況に？

急な出来事に驚き息を止めた私の心臓は、ありえないほどの速さでドキドキと高鳴り始めた。

シャルリー様が何か説明してくれている。

しかし、彼が密着したことにより平常心を失った私は、正直それどころではなかった。

カシアス様以外の男性とこんなに近距離になったのは初めてだから？

とにかく、この未だかつてないシャルリー様との距離感が、私の心臓をおかしくしていることだけは確かだった。

このままでは、彼に私の心音が聞こえてしまうかもしれない。

「……ニー、レオニー？」

「は、はいっ……！」

しまった。

緊張しすぎて、変に上擦った声が出てしまった。

だが、私はすかさず修正をかけた。

「どうされましたか？」

動じていない風を装って、私はその場を取り繕うように彼に返事をし直したのだ。

すると、シャルリー様は少し間を置いて、落ち着いた口調で告げた。

「……もう少し力を抜くといい」

やっぱりバレていたのかもしれない。

私は背後にいる彼に見えないのをいいことに赤面しながら、指示通りの姿勢を保った。

すると、私の背の高さに合わせるよう少し顔を傾け、シャルリー様が耳元で囁いた。

「よし、今だ」

その声を聞き、私は反射するかのように矢を放った。

驚くことに、矢は緩い弧を描きポーンと綺麗に飛んで行った。

そして、届かないと思っていた目的の木の近くへと到達し、そのまま落ちることなくしっかりと木に刺さって命中した。

「すごいっ……！」

思わずシャルリー様の顔を見ようと、私は首を回して背後の彼を見上げた。

すると、微かに口角を上げた彼の温かい瞳と視線が交差した。

「もう一度、一人で試してみろ」

「はい！」

優しい声音でそう告げる彼に元気よく返事を返すと、私の背中は温もりを失った。

だが、その温もりの主は私の背後から見守っている。

そう思うだけで、緊張してしまうシチュエーションではあるが、今なら不思議とできそうな気がした。

私は感覚を忘れないうちに矢を構えた。

足を開き胸も開いて、肩はリラックスして腕を気持ち高く上げる。

――ここだ！

先ほどの感覚を信じ、私は再び矢を放った。

すると、最初に放った矢と違い、今回の矢はどんどん的をめがけて伸びていった。

そして、その矢は途中で落ちることなく、今度こそ的となっている木へと綺麗に刺さった。

「当たったわ！」

邸の訓練で土台を築いていたとはいえ、さっきの教えでまさかこんなに早く的に届くようになるだなんて。

私は嬉しさのあまり、驚きながら背後にいた彼の下へと駆け寄った。

「シャルリー様、見ていましたか？　届きましたよ！」

先生である彼のおかげだと、喜びを報告する。

そんな私の姿が面白かったのだろうか。

彼はしばらく口元に拳を当てた後、手を下ろして声をかけてきた。

「俺の弟子にできないことはない。この調子で初の狩りに励むといい」

「あっ……」

「どうした？」

「狩りよりも、弓が使えた達成感でつい……」

私ってば間抜けすぎる。

これからなのに、これまでで満足しすぎよ。

訓練に集中しすぎて、狩りが本来の目的だということを忘れるだなんて。

何だか気恥ずかしくて、つい軽く顔を伏せてしまう。直後、頭上からシャルリー様がクスリと笑みを零す声が聞こえた。

「シャルリー様？」

あまりに意外なリアクションに、思わず顔を上げる。

すると、何かに驚いた様子で軽く目を見開いた彼と目が合った。

だが、彼はすぐに凛々しい表情を取り戻し、何ごともなかったかのように私の呼びかけに反応した。

「いや、気にしないでくれ。今日はたくさん楽しむといい。……幸運を祈る」

◇◇◇

彼の祈りは、すぐに天に届いたようだった。

「シャルリー様、成功しましたよ！　見てください！」

彼の教えのおかげで、私は早々に野ウサギを捕らえることに成功した。初の狩猟がさっそく成功したことが嬉しくて、私は思わず彼に駆け寄った。

「良かったな」

「はい！　ふふっ、シャルリー様のおかげです！」

「いや、俺は何もしてない。それにしても一発で仕留めたのか。見事だな」

彼のこの言葉に、私は心が躍るような高揚を覚えた。

簡単に人を褒めなそうな彼が、こんなにも褒めてくれるだなんて。

嬉しかった。私自身の功績として褒めてもらえることは、今までの人生でほとんどなかったから。

気付けば、いつも私ではない誰かの功績になっていたのだ。

だからこそ、彼の私自身の力を認めてくれる言葉は、私の心に新鮮な喜びを与えてくれた。

「ありがとうございます！」

「随分と嬉しそうだな」

「もちろんですよ。初狩猟も成功しましたし、何よりシャルリー様に褒めていただけましたから」

「成功に関しては分かるが、俺が褒めただけでそれは……少し喜びすぎじゃないか？」

私の喜びようが異様に感じたのか、シャルリー様は困ったように笑いながら首を傾げる。

だからこそ、私は彼に思ったままの気持ちを伝えた。

「そんなことないですよ。媚びるような嘘を吐かない人だから、あなたの褒め言葉には特別感があるんです。それに……」

私はそう言って、彼に一歩歩み寄り見上げて続けた。

「今までで一番のシャルリー様の笑顔も見られました。ふふっ、今日は私にとって最高の初狩り記念日です！」

第十四章　何かお礼がしたくて

「もうお腹いっぱい……」

ディナーを終えて部屋に戻った私は、膨れたお腹を抱えて近くの椅子に座り込んだ。

すると途端に身体が楽になり、私の頬はつい自然と緩んだ。

「ああ、本当に美味しかった……」

シャルリー様が私の倍以上の動物を獲ってくれたおかげで、今日のディナーは一際豪勢な料理の数々に溢れていた。

その中でも、やはり自分で獲ったウサギのローストと煮込み料理は、頬が落ちそうなほど美味しく感じた。

自分で獲ったという特別感があるからだろうか？

それとも、いつも忙しいシャルリー様も久しぶりに一緒のディナーを囲んだからか、はたまたその両方なのか。

どちらにせよ、今日のディナーは私のお腹とともに心の充足感を満たしてくれた。

だが、一つだけ誤算があった。

彼があれも食べろこれも食べろと、特に美味しい部位ばかりを勧めてくれるから、今日はついつい食べ過ぎてしまったのだ。

結果として、かなり罪悪感を覚える量を食べてしまった。

しかし、後悔しないくらい美味しかったため、その罪悪感はきれいさっぱり帳消しされた。

「はあ……今日は大満足の一日だったわね」

私は椅子で両腕を上げて伸ばしながら、今日のドキドキだらけの出来事を振り返った。

今日の狩りは本当に新鮮で楽しかった。

初狩りの達成感はあるが、決して狩ること自体が楽しかったわけではない。

誰かと楽しみを分かちあえる時間が楽しかったのだ。

そんな喜びに浸りながら少し休憩し、私は湯あみを済ませて、今日は早くベッドで休むことにした。


――はあ……今日はぐっすり眠れそう。

そう思いながら瞼を閉じる。

すると、なぜか今日のシャルリー様の顔が脳裏を過った。

慌てて目を開ける。

――今のは何……？

何だか変な現象だ。

気を取り直して、少し速くなった鼓動のまま再び瞼を閉ざした。

ところが、またもや先ほどのように、閉じた瞼の前にシャルリー様の顔が浮かび上がった。

私はまたもや慌てて目を開いた。

――嘘……。

一瞬過った気持ちを全力で否定する。

私は今までの人生で、兄や父、使用人たちを除きカシアス様以外の男性とは接触してこなかった。

――これは……免疫がおかしくなっているだけよ。

きっと、一時の高揚が私の気持ちをおかしくしているだけに違いない。

そう言い聞かせて、どんどん加速する鼓動を正当化する言葉を思い浮かべた。

しかし、それらの言葉にやっと納得しかけた頃には、早くも空が白み始めていた。

◇◇◇

私は狩りの日以来、ずっと考えていることがあった。

――何か、シャルリー様にお礼できないかしら？

彼は狩りの日だけでなく、その前からずっと私に弓の使い方を教えてくれていた。

忙しい人なのに、初めての狩猟を楽しめるようにと、わざわざ時間を割いて教えてくれたのだ。

責任感のある人だから、私に真摯に接そうとしてくれているのだろう。

結果、私はその誠実さのおかげで、非常に今回の狩猟を満喫することができたのだ。

「何かいい案は……あっ！」

なんてタイミングがいいのだろう。

考え事をしながら廊下を歩く私の目の前に、彼をよく知るメイド長が現れた。

「メイド長」

彼女なら何かいい案を出してくれるかもしれない。

そんなつもりで声をかけると、メイド長は快く微笑みかけてくれた。

「奥様、いかがなさいましたか？」

「実は相談したいことがありまして」

「相談ですか？　私でもよろしければお伺いいたしますよ」

「ありがとうございます。では、いったん場所を移しましょう」

何だか強い味方を得られたようだ。

そんな気分で、私はメイド長とともに自室へ移動した。

そして、開口早々さっそく本題を告げた。

「以前、狩りに連れて行ってもらったので、シャルリー様に何かお礼がしたいのです。しかし、彼が喜びそうなものが浮かばず……。メイド長、何か思いつくものはございませんか？」

私がそう尋ねると、メイド長は顎に右手を添えて思案顔をした。

だが、すぐににこやかな笑みを浮かべて答えた。

「それならぴったりのモノがございます。ぜひ来月の公爵様のお誕生日に、刺繍入りのハンカチを贈って差し上げてください」

「ハンカチですか？　あの、それ以外に何か……」

「すみませんが、私にはこれ以外に公爵様がお喜びになるものが思い浮かびません」

「一つもですか？」

「はい」

「そう……ですか。ぜひ参考にさせていただきます。お忙しいところありがとうございました」

何とか形式的な挨拶をし、私は優雅に微笑む祖母ほどの年齢のメイド長を見送った。

そして、一人になった部屋で頭を抱えた。

「どうしよう。よりによって、刺繍入りだなんて……」

実は私は、刺繍が大の苦手だった。

刺繍という言葉を聞いただけで、ある昔の嫌な記憶が呼び起こされるのだ。

そう、あれは私が初めて刺繍入りのハンカチを、カシアス様に贈ったときのことだった……。

『カシアス様！　こちら、いつもの感謝をこめてカシアス様にお作りしました。受け取ってくださいますか？』

私はあの日、当時の自分にとっての渾身の刺繍入りのハンカチを贈った。

何回も作り直して、ようやく及第点に達したものだった。

『ありがとう、レオニー』

彼はにこりと笑いながら礼を言うと、ワクワクした様子でラッピングを解いた。

直後、彼の口角は一気に下がった。

かと思えば、真顔になった彼はまずいと思ったのか、無理矢理引き出したように苦笑を零した。

『頑張って……作ってくれたのか』

『はい。喜んでいただきたくて――』

『そ、そうか……。嬉しいよ。ただ、外で使えるものではないから、家で使わせてもらうね』

彼はそう言うと、驚くほど時間をかけて丁寧にハンカチを畳んだ。

その姿を最後、私はあのハンカチを外どころか、家の中でも一切見たことがない。

もっと刺繍を練習した今なら、あのハンカチがいかにレベルの低い仕上がりだったかは分かる。

しかし、あの出来事は私の中で立派なトラウマになっていた。

――でも、メイド長の言う通り本当に喜んでくれるのなら、作ってみるだけ作ってみましょうか。

渡すとは限らない。

だが、もし仮に上手く作れたら渡してみるのもありかもしれない。

本当に試しに作るだけ。

そんな気持ちで、私はひっそりとシャルリー様に贈るプレゼントの作製に取りかかった。

第十五章　これがいい

「これ、どうしましょう……」

私は二週間かけて、シャルリー様の誕生日前日に刺繍入りハンカチを完成させた。

だが、その出来は上手な人の刺繍に比べたら雲泥の差。

自信を持って贈るには少し躊躇いが生じてしまう、そんな頼りない完成度だった。

「ふう……。念のためにプレゼントをほかにも準備しておいて正解だったわね」

私は部屋の机の上に置いてあるプレゼントの山に目を向けた。

中身はシルクのネクタイや宝石が付いたカフスボタン、ベルベットのベストや香水、彼がほしそうな書物などさまざまだ。

彼に似合いそうな無難なものを揃えたのだから、とりあえずどうにかなるだろう。

私は息をつき、一枚の布切れを手に取って広げた。

ジッとハンカチの絵柄とイニシャルの刺繍を眺める。

そうしていると、頑張って作っただけに贈らないという選択への忍びなさが湧き上がってきた。

そのときだった。

「奥様、今、お時間のほどよろしいでしょうか？」

ノック音とともに、アルベールの声が聞こえた。

「はい、大丈夫ですよ」

私は慌ててハンカチを机に置き、駆け寄って扉をガチャリと開けた。

案の定、そこにいたアルベールは穏やかな笑みを浮かべていた。

「アルベール、どうしました？」

「実はメイド長が奥様をお探しのようだったので、念のためご報告に参ったのです」

「ああ、先ほどまで外にいたのですれ違ったのですね。お知らせくださりありがとうございます」

「いえいえ、とんでもない。大広間の近辺にいらっしゃるはずです」

彼はそう言うと、意味深な笑みを浮かべながら一礼し、長い足を生かしてスタスタと去って行った。

「メイド長に、聞いてみようかしら……」

私にハンカチを提案してくれたのはメイド長だ。

ちょうど私を探しているというし、彼女になら渡すかどうか相談できそうだ。

私は机の上に置いていたハンカチを手に取り、ドレスについているポケットの奥に忍ばせ廊下に出た。

こうして、大広間を目指して歩みを進めていると、アルベールが言っていた通りの場所でメイド長を発見した。

「メイド長、私をお探しだと聞きましたが……」

「まあ！　奥様に足を運ばせるだなんてっ……！　申し訳ございません」

「いえいえ、お気になさらず。ところでどうなさいましたか？」

私が首を傾げて尋ねると、彼女は少し声を潜めて場所を移動しようと提案してきた。

確かに周りには誕生日前日とあって、使用人たちが多くいた。

それに気付き、私は彼女の提案に賛同し、滅多に人が来ない中庭のベンチへと移動した。

「おこがましいのは承知でしたが、実は相談を受けてからプレゼントをどうなさったのか気になっていたのです」

到着すると、彼女はそう言って気まずそうに顔を伏せた。

そんな彼女に、私はちょうど良かったとポケットの中身を出した。

「私もそのことで相談があったんです。実は私、非常に刺繍が苦手でして……」

そう言って、私は恥を承知でハンカチを広げてメイド長に見せた。

すると、メイド長はそのハンカチを見て、目を大きく見開いた。

「この完成度では、お渡しできない気がしてならないんです。どう思われるか、忖度なしの率直な意見をお伺いさせてください」

恐る恐るメイド長の顔を覗き込む。

すると、彼女はすぐに口を開いた。

「これは……何が問題で？　とてもお美しいではないですか！　この完成度でお渡しできないだなんて――」

「ああ、表面はそう思っていただけて良かったです。実は問題は裏面なのです」

表面で指摘があったら贈らないと決めていた。

だがそちらは問題がなさそうだったため、私はハンカチを裏返し、表面と比較し明らかに歪さが目立った裏面を彼女に見せた。

「シャルリー様は公爵ですし、みすぼらしいものを持ち歩くことは許されません。ですので、どうか厳しく判断していただきたいのです」

私がそう言うと、想いが伝わったのだろう。

メイド長は思ったままの意見を述べてくれた。

「ご贈答用としては立派な仕上がりだと思います。しかし、専門店の職人と比べると……」

「そう、ですよね」

「……はい。ですが、公爵様ならきっとお喜びになるはずです」

メイド長はそう言うと、私に向かってにっこりと微笑んでくれた。

でも、私の胸には不安が過った。

カシアス様のトラウマの再来だけは避けたいのだ。

もしそうなりそうなら、渡さないほうがマシな気がしてしまう。

考えに考える。

そして、私は今回のハンカチの処遇を決めた。

「ありがとうございます、メイド長。ただ……今回は見送ろうと思います」

「えっ！　せっかくお上手にお作りなさったのに……」

「お礼とお祝いの品ですし、シャルリー様にはもっと完成度の高いものを――」

「俺が何だって？」

喋る私の背後から、凛とした男性の声が聞こえてきた。

その瞬間、私は光の速さでハンカチをポケットにしまい込んだ。

すると、彼は私に近付いてメイド長に去るよう指示を出した。

その様子を見ながら、私は瞬時に対面の建物を見上げて思わず息を呑んだ。

――ここ、シャルリー様の執務室の真正面じゃない。

しまったと決まり悪くこめかみを押さえる。

そんな私に、シャルリー様が声をかけてきた。

「レオニー。今、隠したものを出してみろ」

「えっ……。い、いや、無理です」

「出すんだ」

彼はそう告げると、紺碧の鋭い瞳で私の瞳を射貫いた。

怖いとは思わないが、かなりの圧を感じる。

そのため、私は結局本当のことを口にした。

「シャルリー様のプレゼント用のハンカチですが、失敗してしまったのでお見せできません」

彼の瞳にすべて見透かされそうで、私は思わず目を伏せた。そんな私に、彼は驚くことを告げた。

「知っている。だが、失敗かどうかは俺が決める」

「っ！　……横暴です」

「横暴で結構。さあ、出すんだ」

彼が私のポケットを一瞥し、私に目配せをした。

仕方がない。

傷口がまた抉れるかもしれないが、私は自棄な気持ちで彼の差し出す手にそっとハンカチを置いた。

すると、シャルリー様はすぐにそのハンカチを広げ、口を開いた。

「これの何が問題なんだ」

「えっ……」

聞き間違いを疑う私に反し、彼は広げたハンカチの裏表を眺めながら言葉を続けた。

「綺麗じゃないか。それに、君が俺のために作ってくれたんだろう。受け取らないという選択肢はない」

「そんなっ！　ほかにも用意しておりますし、今回そちらは……」

「いや、俺はこれが気に入った。プレゼントもこれだけでいい」

「どうしてそんな――」

「初めてなんだ」

彼がハンカチから私に視線を戻した。

「どういうことですか？」

「母は亡くなり、前の婚約者は俺に贈り物を求めても、くれることはなかった。こんな真心籠ったものは初めてなんだ」

彼はそう言うと、大切な壊れモノでも扱うようにハンカチを丁寧に畳んだ。

そして、いつもの真顔で淡淡と告げた。

「だから、俺はこれがほしい」

「いや、だったらなおさら作り直します。ちゃんとしたものを――」

「結構だ」

きっぱりと言い切る彼に、私は目を見開いた。

そして、呟くように訊ねた。

「本当に……それでいいんですか？」

「ああ、これがいい」

心臓が止まるかと思った。

しかし無言のままではいけないと、何とか言葉を続けた。

「っ……分かりました。では、そちらはシャルリー様にお贈りいたします」

「ああ」

シャルリー様は言葉少なに返答すると、畳んだハンカチを胸ポケットにしまい込んだ。

そして再び、彼は私と目を合わせて口を開いた。

「大切に使うよ。レオニー、ありがとう」

彼はそう言って、まるで氷を解かす柔らかな陽だまりのように、はにかんだ笑顔を見せた。

その表情一つで、まるで石にされたかのように動けなくなる。

そんな私の火照りを冷ますかのように、中庭に吹き抜ける風が頬をそっと撫でたのだった。

第十六章　参ったな

シャルリー様の誕生日も無事終わり、いつもの日常が始まった。

だというのに、私は仕事をしている今この瞬間、別のことに気を取られていた。

誕生日前日のシャルリー様との出来事。

あれにより、私は心の中の自分の想いを強制的に自覚させられてしまったのだ。

「本当にこんなつもりじゃなかったのに……」

誰もいない部屋で、私は机に肘を突いて頭を抱えた。

まさかシャルリー様に恋してしまうだなんて。

五か月前の私には、まったく想像できないことが起きている。

厳しい氷雨のような方だと思っていたのに、ともに過ごす時間が増えるにつれ、彼の心地よい優しさに気付いた。誠実さを知り、異名の〝氷の公爵〟とは程遠い彼の温かい思いやりに触れた。

夫がいたならば、どれだけ優しくされても好きにはならないし、恋にも落ちない。

だが、その歯止めとなる存在がいない今、そんな彼を知って好きにならずにはいられなかった。

しかし、ふとある言葉が私の心を咎める警笛のように脳裏を過った。

『別に俺たちは愛し合って結婚するわけじゃない。必要最低限の夫婦でいよう』

その言葉を思い出し、私の身体は末端から中心にかけて、徐々に凍てつくような感覚に襲われた。

これは、彼なりの警告なのだ。

互いが快適に過ごせるようにするために。

また、恋愛感情を持っていないし、持つつもりもないという線引き……。

なのに、私は同意を示したくせに、彼の引いた線を勝手に越してしまった。

しかし、私は越えた線のその向こうに駆け出すつもりはない。

恋愛結婚でもない限り、夫を好きになってもろくなことにならないとすでに身をもって学んだ。

恋に恋し、夢見る少女の時代は終わったのだ。

もしシャルリー様の愛情が私以外の誰かに向いたら、私はきっと胸の傷を抉られるだろう。

妊娠までさせたら、それこそ本気で立ち直れなくなってしまう。

私はもう二度と傷付きたくはなかった。

だったら、最初から好きにならないほうがマシだ。

そう思うほど、私にはカシアス様とのあの出来事がトラウマになっていたのだ。

「このままじゃダメよ。これ以上もっと好きになったら引き返せないわ」

この想いは何としてでも、今のうち押し殺さなければ。

しかし、そうは言っても簡単ではない。必然的に彼と接さなければならない場面があるのだ。

やはり好きな人と会えば会うほど、その気持ちは膨れ上がるもの。

だからこそ、私はあることを決意した。

「今日からシャルリー様との接触は、必要最低限にしないと……」

◇◇◇

仕事が一段落し、背もたれに身体を預け小さく息を吐いた男は、懐から一枚のハンカチを取り出した。

少し前に一緒に狩りに行った婚約者のあどけない笑顔。

心底美味しそうに食事をする、人懐っこい彼女の微笑み。

いつも仕事中に見せる凛とした姿。

ハンカチを渡してくれたとき、面映ゆそうにしていた彼女のいたいけな表情。

広げたハンカチを眺める彼はそんなことを思い出しながら、微かに口角を上げた。

すると、同室で仕事をしていたアルベールが、そんな彼の様子に目を見張りながら声をかけた。

「シャルリー様」

「何だ?」

低く淡淡とした声を返すも、その瞳はアルベールではなく手元のハンカチに一点集中している。

その様子を見て、アルベールはからかうように言葉を続けた。

「ぞっこんなんですね」

「ああ。………は?」

シャルリーは一瞬肯定したものの、アルベールの言葉に違和感を覚え戸惑いの声を漏らした。

いつもならばありえないそのシャルリーの反応に、アルベールは堪えきれず笑いを漏らした。

「何を驚いているのですか？　ははっ、まさか氷の公爵ともあろうお方が、こんなにも変わってしまうだなんて……」

「アルベール、はっきり言え。何が言いたい」

あまりにも笑う彼にシャルリーは苛立ち、彼をギロリと睨んだ。

しかし、アルベールはそんな視線などものともせず、目元に浮かぶ涙を長い指で拭いながら、彼の質問に答えた。

「まさかご自覚がないのですか？　奥様にいただいたハンカチを、それは愛おしげに見つめていらっしゃるではありませんか」

「なっ……」

アルベールの言葉に酷く動揺し、シャルリーの大きな瞳が微かに震えた。

なにせ、彼にはそのような自覚が一切なかったのだ。

ただ、ふと見たくなって見た。そうしていると、自然と彼女のことを思い出していた。

それくらいの感覚だったのに、愛おしげという予想外の言葉で言及され、シャルリーはハンカチを握ったまま固まってしまった。

「アルベール。いったい何を言って……」

渇いた口で何とか言葉を絞り出す。

しかし、そんなシャルリーの声を上書きするかのように、アルベールは言葉を被せた。

「奥様のことを愛しているのですね。ああ、なんて素晴らしいことでしょう。私《わたくし》、感無量でございます」

そう言うと、アルベールは満悦の表情を向けシャルリーに笑ってみせた。

幼くしてすべてを一人で抱え込み、私情を捨て大人にならざるを得なかった幼馴染の心に春が芽生えた。

このことは、アルベールにとって心の底から嬉しいことだったのだ。

一方、こうして喜ぶアルベールに反し、シャルリーは依然として困惑したままだった。

「俺がレオニーを……愛しているだと？」

自問自答するように呟く彼は、握り締めたハンカチに視線を落とした。

途端にハッと目を見開き立ち上がると、キツく握ったハンカチを慌てて机の上に綺麗に広げ、手でシワを伸ばし始めた。

しかし、その手は机に置いたハンカチのシワを数回伸ばしたところで、ふと止まった。

「どうされたのです？」

挙動不審なシャルリーに、さすがのアルベールも心配そうに声をかける。

すると、机上のハンカチに目を向けていたシャルリーが、ガバッと顔を上げた。

「っ……！」

アルベールは時が止まったと錯覚するほど、息を呑み言葉を失った。

いつも恐ろしいほど怜悧かつ冷酷な印象を与えるシャルリー。そんな彼が、端麗な顔をバラ色に染め上げ潤んだ瞳を向けてきたのだ。

まさに恋に落ちた男そのもの、そんな表情だった。

長年一緒に過ごしてきたアルベールでも、こんなシャルリーの顔を見るのは生まれて初めてだった。

だが、彼の心情を察したアルベールは安心したように深く息を吐いて彼を見守った。

すると、声だけは落ち着いた様子のシャルリーが、ゆっくりとアルベールに話しかけた。

「アルベール」

「はい」

「どうやら俺は……知らぬ間に彼女を愛してしまったみたいだ」

◇◇◇

レオニーへの恋心に気付いたシャルリーは、アルベールが退室してから彼女について考えていた。

最初は夫に不倫された憐れな女だと思った。

その次に、この女はプリムローズの代わりになれる存在だと思った。

だが、それは過去の話。今の彼女はシャルリーにとって、もはやかけがえのない存在になっていた。

「たったの五か月で、こんな気持ちを抱くことになろうとは……」

シャルリーはそう独り言を呟きながら、人生で初めて自分の頬を抓った。

これが夢ではないのか、自身が正気を保っているのかを確かめるためだった。

しばらくし、彼は微かに顔をしかめて、力を入れていた指を頬から離した。

「現実か……」

どうにも浮ついたこの気持ちが現実だと悟ると、彼の胸には困惑が広がった。

いついかなるときも、冷静に物事に対処してその場を乗り越えてきた。

だが、そんな彼でも恋愛は初めてのことで、これからどうしたらよいのか分からなかったのだ。

しかし、彼は一つだけ確信したことがあった。

「彼女が同じ想いを抱いてくれたら、きっと幸せになれるのだろうな……」

今までの人生で恵まれていると感じたことはあれど、純粋に幸せを感じたことはなかった。

仕事に忙殺され、老獪相手に社交関係を築き、ただただ領地や家門のために尽くしてきたのだ。

そのため、自身の幸せについて考える暇もなく、そういったものに無縁なシャルリーは、初めて戸惑いながらもその可能性を思い描いた。だが、その過程であることが気にかかった。

「そもそも、レオニーは俺のことをどう思っているのだろうか」

天を仰いで目を閉じ、いつもの彼女を脳内で再生する。すると、真っ先に思い出されたのは彼女の笑顔だった。

それだけで、胸がじんわりと熱くなる。

そして……期待してしまう自分がいた。

だが、それはあまりにも自分にとって都合のいい想像のように思えた。

だからと言って、都合の悪いほうが現実であることも嫌だった。

そんなシャルリーは、目を開き背もたれから身体を浮かせた。そして、机に肘を突き眉間に手を当てて熱いため息とともに呟いた。

「参ったな……。何も考えられない。恋とはこんなにも恐ろしいものだったのか」

第十七章　君のことばかり考えて

今から十三年前の父の葬儀後。脳が揺れるほどの衝撃と頬の痛みを初めて受けたあの日以来、シャルリーの心からは一つ、また一つと色を失うように感情が抜け落ちていった。

厳格な祖父の苛烈で辛辣な言動が、徐々に彼の心を蝕むように殺していったのだ。

それに加え、公爵としての社交業務と同時に始まった、貴族連中たちがうら若き美少年に見せる異様な言動が、さらにシャルリーの心を壊すかのように疲弊させていった。

だが、貴族として生きていく以上この環境から抜け出す方法はない。

そう悟って以降、シャルリーは心を守るために感情や自由を捨て、正しい選択ができるようにという思いだけで、淡淡と生きるようになったのだ。

そうして過ごしていると、いつしか〝氷の公爵〟なんて通り名ができていた。

そんな自分が、まさか誰かに恋をする日が来るだなんて。

ゆめゆめ考えてもみなかった。

しかし、アルベールに恋心を言い当てられたあの日以来、シャルリーは自分の目を通して見た彼女の姿を何度も思い返した。

そのたびに、彼女のことを好きになってしまうことは、もはや自然の摂理のようにすら思えるようになっていた。

何と言っても、彼女はとにかく使用人に優しかった。

ただ甘やかし、媚びるように偽善を振りかざすというわけではない。

女主人としての毅然とした態度は保ちつつ、使用人たちと対話を試みながら柔軟にクローディア家の切り盛りをしてくれているのだ。

シャルリーは書類の整理をしながら、偶然目に入ったある納品書に視線を落とした。

「ロウソクの件も、彼女が気を利かせてくれたんだったな」

ふと、シャルリーの脳裏にあの日の出来事が過った。

『公爵様、備品に関してご相談があるのですが……』

あの日、そう声をかけてきた彼女は、シャルリーを怖がっているわけではないものの、まだ距離を測りかねる警戒した子猫のようだった。

しかし、その話の中身はというと、先を見越した発注と使用人のための備品投資という、実に現実的で賢明な提案だった。

その話を聞いただけで、レオニーがかつてルースティン侯爵家の女主人として、それは誠実に領地と向き合っていたということが手に取るように伝わってきた。

そのため、レオニーになら家計の管理を任せられそうだと、シャルリーは彼女を信頼してみることにしたのだ。

『給料や支給品のことは女主人のあなたに任せる。家計でやり繰りできる範囲なら好きにしていい』

そこまで告げたところで、シャルリーはあることが不意に気にかかった。

こんなにも有益な提案であるにもかかわらず、彼女はなぜか自信なさげだったと。

言っても言わなくても大した差はないかもしれない。

それでも、言葉を一つ加えるくらいなんてことないだろう。

シャルリーはそう考えた末に、彼女にある言葉を添えて伝えた。

『なかなかいい案だな。きっと使用人も喜ぶだろう』

本当に思ったままを言ったまでだ。

しかし、このとき彼女はシャルリーの言葉を聞くなり、言葉にならない喜びを噛み締めるように頬を赤らめ、春の日差しのような温かい笑みを浮かべた。

あのときのレオニーの表情を思い出すだけで、なぜか連動するようにシャルリーの心にも熱が灯った。

今思えば、すでにあの頃から彼女を特別に思っていたのかもしれない。

まさか、知らず知らずのうちにここまで彼女に心を掴まれていたとは……。

「はあ……。俺はどうして契約だなんて言い出してしまったんだ」

あの日の自分が、今になって心底恨めしい。自分で作った枷が、こんなにも自分を苦しめることになるだなんて想定していなかったのだ。

自身の気持ちに気付き意識し始めたら、彼女への想いが急速に加速してしまう。

そんな甘い苦痛に心を弄ばれるシャルリーは、慣れた手つきで懐からハンカチを取り出して眺めた。

「何度見ても本当に可愛らしい。俺のために作ってくれただなんて……」

ハンカチの刺繍部分を一撫でし、彼女が一生懸命縫ってくれたであろう姿を想像する。それだけで嘘みたいに心が温かくなった。

「失敗なんて、どこが失敗なんだ？」

あのときの彼女の言葉と自信なさげな姿を思い出しながら、シャルリーは頭を捻った。

自身が手にするハンカチには、クローディア家の紋章のモチーフとなっている凛々しい獅子の刺繍が、それは繊細に美しく施されていた。

確かに、刺繍を生業《なりわい》としている者が施す刺繍と比べると差があるのかもしれない。

しかし、どれだけ時間をかけて丁寧に作ってくれたのか、どんな馬鹿でも分かるほどの出来のこのハンカチを前にして、シャルリーから出てくる感想はただ一つのみだった。

「失敗どころか大成功じゃないか。……天才か？」

そう独り言ちたシャルリーは、彼女の名前の意味を頭に浮かべながら、自然と目を細めてもう一度その獅子を親指の腹で撫でた。

「これ以上のものなんてない、最高のプレゼントだろう」

ハンカチに語りかけるシャルリーは、とても〝氷の公爵〟とは程遠い、それは穏やかな表情を浮かべていた。それこそ、知らない人が見たら卒倒しそうなほどに。

だが、そんなシャルリーはハンカチを懐に戻すと、瞬く間に思考を現実へと切り替えた。

「ただ、最近のレオニーは妙に様子がおかしい」

好きと気付いてしまって以降、シャルリーは彼女の変化により目敏くなっていた。

しかし、どれだけ考えてもその変化の理由だけは分からなかった。

己の願望や偏見が、彼女の気持ちを知る妨げとなってシャルリーの思考を邪魔するのだ。

本人に聞こうと考えたこともある。

しかし、何となく彼女は聞かれたくなさそうな気がして、聞けないままでいた。

こんなとき、彼女の心を読めたらどれだけ良かったか。

そんな叶わぬ願いに対しもどかしさを覚えながら、シャルリーは数分後に始まるディナーの時間に間に合うよう、本日の外勤後の後片付けを再開したのだった。

◇◇◇

「……シャルリー様」

「どうした？」

「大変申し訳ないのですが、今日はこれにて控えさせていただきます」

一緒に食事を摂っていると、メインを半分ほど食べたところでレオニーがその手を止めた。

最近、わずかに食が細くなっている気がしていたが、レオニーがこんなにも手を付けないことは初めてだ。

心配になったシャルリーは、慌ててカトラリーを置きレオニーに声をかけた。

「どこか具合が悪いのか？」

「い、いえ！　ただ、今日は少し食欲がなくて……」

「ならば、食べられそうな別のものを用意させようか？」

「そんなっ、いらぬ手間をかけさせるわけには……」

「それが彼らの仕事なんだ。気にする必要はない」

シャルリーがそう声をかけるも、レオニーはやはりゆるゆると首を横に振った。

「本当に今日は大丈夫です」

「そうか……。では、医者を――」

「お医者様も大丈夫です！　ちょっと寝不足気味だったので、寝たらすぐに治ります」

そう言うと、レオニーはそそくさと席を立ち上がり、礼を言って部屋を後にした。

ぽつんと一人取り残されたシャルリー。彼は、そんな彼女の行動に違和感を覚えた。

その違和感はずっとシャルリーの脳内にこびりつき、自室に戻るときもずっと頭を支配していた。

「本当に寝て治るのならいいのだが……。やはり医者を呼ぶか？」

そう独り言ちながら廊下を歩く。

ちょうどそのとき、シャルリーの視線のずっと先のほうで、ふとある使用人が姿を現した。

「っ……あのときの男か」

シャルリーの視線の先にいたのは、使用人のオリエンだった。

普通だったら、ただ使用人がそこにいたという程度で特に何も思うことはない。

しかし、シャルリーにとってオリエンはただの使用人ではなかった。

頻繁にレオニーと話しているところを見かける男だったのだ。

それに、さらに彼を特別気にかける理由がシャルリーにはもう一つあった。

オリエンがレオニーを見つめる視線だ。

シャルリーはその視線に、自分と似た何かを感じ取っていた。

「レオニーに触れられて、調子に乗ったか……」

レオニーがクローディアにやって来てから二か月が経った頃、彼女は花粉症の治療方法を使用人たちに教えると意気込んでいた。

そのため、どんなものかとシャルリーはひっそり彼女の様子を見に行っていたのだ。

そして、そこで見たのは上裸の男の背中にレオニーが直接薬を塗る姿だった。

その男こそがオリエンであり、今では自分よりも親しげな様子でレオニーと話している。

しかも、主人であるレオニーに特別な視線を向けているのだ。

想いこそ男の一方的なものだと分かる。だが、この状況はシャルリーにとって極めて不愉快そのものだった。

しかし、シャルリーに彼らを咎めることはできない。

「これも、自業自得か……」

自分が必要最低限の夫婦でいようと言い出したのだ。

最低限の夫婦でいるということは、家の面子を潰すことなく社交界でそれなりに上手く立ち回り、家では女主人として最低限の仕事をするということ。

社交界にはまだ出ていないが、少なくとも彼女は後者に関して上出来を通り越して完璧なほどよく務めてくれている。

仮にあの男が愛人になったとしてもプラトニックである以上、シャルリーに口を挟む権利はなかった。

時間を巻き戻せるなら、今すぐにでもあのときの契約を撤回したい。

使用人と楽しそうに話すようになった彼女を見るたび、今ではじれったくてもどかしい気持ちが込み上げてたまらない。

——こんなにも好きになるとは……。

彼女を想うだけで愛おしさが込み上げる。

今では彼女がいる生活が当たり前で、彼女を見かけるだけで途端に心が華やぐのだ。

その一方で、嫉妬の感情も湧き立ち、心が酷く乱される日々も多くなった。

触れられるほどすぐ近くにいるのに、レオニーが手の届かない存在のように感じられる。

だからと言って、今更シャルリーが契約を撤回しようなど言い出したら、彼女はどう思うだろうか。

もう、今みたいに自分と接してくれなくなるかもしれない。

気持ち悪いと嫌われて、それこそ必要最低限しか口をきいてくれなくなるかもしれない。

もし、意図せず彼女が自分の気持ちに気付きでもしたら……。

シャルリーはそんな答えのない問いに対し途方に暮れながらも、ある決意を固めた。

レオニーに嫌われないよう振る舞い、彼女にとって最高に居心地のよい環境を作ろうということだ。

そうと改めて決意した日から、シャルリーはレオニーにこれでもかというほどの気配りをするよう、より一層心掛けた。

何かレオニーの助けになれることはないか。少しでもレオニーが楽しいと思える場所を提供できないだろうか。困っていることはないだろうか。レオニーのためにできることはないだろうかと。

こうして、シャルリーは多忙の間を縫って、レオニーのためにさまざまな手を尽くした。

このレオニーのための行為が却って空回りになることなど、このときのシャルリーは当然知る由もなかった。

第十八章　すれ違う心

自身の抱える恋心を自覚してから数日後。

書類を持って来たレオニーが書斎を去る際、後ろ姿が見えなくなるまで彼女を目で追っていたシャルリーは、扉が閉まると同時に端整な顔をしかめ、絶望に染まった声を上げた。

「いったい俺は何をしてしまったんだ……」

「突然どうなさったのです？」

軽く憔悴した様子のシャルリーに、レオニーを見送り終えたアルベールが戸惑い声をかけた。

「レオニーが……俺を避けているようなんだ。だが、そうではないときもある」

「はあ……具体的に言いますと？」

具体的にと言われたシャルリーの頭に、レオニーに避けられた瞬間の数々が走馬灯のように流れた。

今までレオニーとは、仕事の打ち合わせついでに軽い話をしていた。だが、最近の彼女は用事が済んだとばかりに、その場を後にする。

廊下で会っても挨拶だけでスタスタと去られる。

何なら遠い距離の場合、彼女はシャルリーの姿に気付くなり、シレッと回れ右をするのだ。

以前は向けてくれた笑顔も少なくなった。

面と向き合うと、あまり目も合わせてくれなくなった。

だが、シャルリーにはその理由にまったく見当がつかず、恋に傷付き悩む日々が続いていたのだ。

先ほどのレオニーも、目を合わすことなく丁寧な口調で事務的に書類の説明を終え、振り返ることなくその場を後にした。

ついこのあいだまでは、にこにこと世間話をしてから去っていたのにだ。

「俺は気付かぬ間に、レオニーに何かしてしまったんだろうか？」

「心当たりはあるのですか？」

「いや……ない」

「左様ですか……。でも、避けられていないときもあるのですよね？」

アルベールの問いかけに、シャルリーは理解できないと言わんばかりの表情で頷きを返した。

すると、アルベールは糸口を掴んだとばかりに尋ねた。

「どういうときに、そのようにお感じになるのですか？」

「どういうときか……」

アルベールの問いかけの答えを見つけるように、シャルリーはそのときどきの出来事を振り返った。

そして、一つこれはという心当たりを見出した。

「だいたい……疲れているときだ。特に疲れている日なんかは、レオニーが励ましの言葉をかけてくれる」

「奥様はお優しいのですね」

「ああ。だが、だからこそ解せない。普通、避けている人間にそうやって優しくするか？」

シャルリーはそう言って悩まし気に眉をひそめると、年相応の恋に悩む青年たちのように、胸の奥から湧き上がる熱い吐息を零した。

「彼女は俺の心を翻弄したいのか？　アルベールとは仲良さげに話しているのに、どうして俺のことは……」

「……」

シャルリーの嘆きにも聞こえる自問自答に、アルベールは何も言葉をかけなかった。

かけられなかったという表現のほうが正しいだろう。

彼はそのあいだ、あることを考えていたのだった。

◇◇◇

急く気持ちで美しい絵画が壁一面に並ぶ回廊を歩き、私は部屋に戻るなり近くの椅子へと一気に崩れ落ちた。

「どうしてこんなことに……？」

私は高鳴る心臓を押さえて、気持ちを落ち着けようと試みた。だが、加速した鼓動はなかなか平常には戻らない。

無理もない。ここ最近のシャルリー様の様子が、どうにもおかしいのだ。

そう、それこそまるで、私のことを好いてくれていると錯覚しそうなことばかりで。

シャルリー様との接触を必要最低限にすべく、必死に努力しているというのにっ……。

逆にそうやってシャルリー様を意識してしまうから、そんな気になるのだろうか？　彼は以前からそうだった？　いや、違う。決してそんなことはなかった。

前より距離が近くなったし、何かと気にかけてくれるようになった。

それに、多忙にもかかわらず時間を捻出し、頻繁に食事に誘ってくれるようになったのも、ここ最近のことだった。

ほかにも、仕事中に見つめられていると感じることも増えたし、それに伴い彼が私の些細な髪形や服装の変化にも気付いてくれるようになった。

だけど、それでは困る。非常に困るのだ。

こんなことをされたら、駄目だと分かっているのについ期待しそうになってしまう。

「って……ダメよ！　期待なんてしてはダメ。勘違い、これは勘違いよ。もう傷付きたくないじゃない……」

必要最低限の夫婦でいようという彼の言葉を脳内で再生し、私はフワフワと取り巻く期待のシャボン玉に自分で針を刺した。

すると、ふと最近あったシャルリー様との会話が脳裏を過った。

それは、ある夕食での出来事だった。

あの日、シャルリー様は邸宅ではなく外のお仕事があった。

そのため、私は彼と無難な時間を過ごす方法として、彼にその日の出来事を訊ねてみたのだ。

「シャルリー様、今日はミュラー侯爵家に行かれたのですよね。侯爵様と実りあるお話はできましたか？」

だいたいこの質問に対するシャルリー様のいつもの答えは、「まあ、それなりにだな」と答えるか、こちらを見つめ口元に涼しげな笑みを浮かべるかのどちらかが定番だった。

しかし、その日の答えは違った。

「ああ、今日はなかなか有意義だった」

そう言うと、彼はその日の出来事について話してくれた。

「実は侯爵が急用で邸宅にいなかったんだ。そこで、代わりにミュラー夫人が対応してくれたんだが――」

ミュラー夫人というと、容姿端麗な上に教養深く、また社交にも長けていることで有名な御夫人だ。年は確か、シャルリー様より五歳ほど年上だっただろうか……。

私が社交を初めて真っ先に憧れた女性こそ、実はミュラー夫人だ。

たおやかで落ち着きがありながらも華やかさのある彼女は、まさに私の憧れる大人な淑女の理想そのものだったのだ。

「ミュラー夫人がご対応を？」

「ああ。噂ではよく聞いていたが、彼女はなかなか話のできる人だった。多忙なミュラー侯爵の代役も務められるとは……。今日は彼女の聡明さに驚かされたよ」

「そう、ですか……」

どうしてこんなに心がモヤモヤとするのだろうか。

あの素敵なミュラー夫人よ？　シャルリー様が褒めるのも当然じゃない。

――もしかして、シャルリー様もミュラー夫人のような女性が好みなのかしら……？

大人な雰囲気を纏《まと》いつつ、華奢ながら線のある彼女のほっそりとした腰を思い出して、言いようのない燻ぶる想いが心に募っていく。

その思いを振り切るため、気を取り直そうと目の前の料理に視線を戻した。

だが次の瞬間、私の頭にはかつてお母様に言われた例の言葉が重く圧し掛かってきた。

……最近、何だか本当に食べ過ぎてしまっているような気がする。

徐々に食事量を減らしてはいたが、もっと減らすべきなのかもしれない。

そう思うや否や、先ほどまでの食欲が嘘みたいに減退してしまった。

そして結局、メイン料理を半分まで食べたところで私は食事をやめてしまった。

とても、それ以上は食べられそうになかったのだ。

それからあの日以降、私はより食事量を減らそうと試みているのだけれど……。

「……もっと減らすべきかしら？」

一人での食事どきは問題ない。しかし、食事どきの気分が良さそうなシャルリー様の勧めがあると、食べざるを得なかった。

その結果、以前より食事量自体は減っているとしても、私がここに来たばかりのときよりも確実に体重が増えたままだった。

今はまだ微々たる差だが、塵も積もれば山となるという言葉もある。

これを甘く見てはいけないような気がしてならない。

というのも、最近のシャルリー様はなぜか私の変化にことごとく鋭いのだ。

それでいて、その鋭さに纏わせるかのように、無自覚で酷く心を惑わすような言葉をかけるようになったのだから質が悪い。

『いつもと雰囲気が違う……分け目を変えたか？　レオニーはこちらも似合うんだな』

『初めて見る髪飾りだな。レオニーはセンスがいい。君の瞳の色がよく映えている』

最近言われたシャルリー様の言葉を思い出すだけで、顔に熱が集中し、心臓は今にも爆発してしまいそうになる。

何の気なしに言っているとは分かっている。私もそこまでの幻想を抱きはしない。

だけど、気になる人にそんなことを言われたら、もっと好きになってしまうこの気持ちには、どうにも抗えそうになかった。

事実、最低限の接触しかしないと決意したくせに、私も私でちゃっかり褒められた髪型にしたり、髪飾りを着けたりしてしまっていて……。

結局、期待してはダメだと分かっているくせに、何においてもシャルリー様の反応が気になって仕方ない。それほどまでに、私の心はシャルリー様に振り回されっぱなしなのだ。

だからこそ、私はとある懸念を抱えざるをえなかった。

これだけ変化に気付く人なら、私が太ったらすぐに気付いてしまうのではないかと。

そして、私のシャルリー様に対する想いが取り返しもつかないほど大きくなったところで、太ったことを理由に彼に嫌われてしまったら……。

そのことを考えるだけで、過去に受けたトラウマが胸の奥でぞわりと蠢《うごめ》いた。

「両想いになれないとしても、好かれないとしても、せめて嫌われたくないわ……」

おのずと、心の奥底に秘めていた想いが口から零れる。

好きな人にはできるだけよく見られたい。

いくら契約結婚だったとしても、彼が私を好きになることがありえないことだとしても、せめて彼にとって印象のいい人間でありたい。そんな切なる願いが込み上げる。

そのために、私ができることは何かしら。

そう考えて思いついた手っ取り早い方法こそが、ミュラー夫人のような体型を目指すことだった。

「まずは、お肉を最低限控えるようにしないとね……」

あの美味しさを思うと名残惜しいけど、お肉を食べたら太っちゃうもの。

こうなったからには、背に腹は代えられない。

そんな思いを抱えながら、私はできるだけ不自然にならないようにシャルリー様との接触を減らしつつ、その彼に嫌われたくない一心で、何ともちぐはぐな食事制限を始めたのだった。

◇◇◇

食事制限を始めてから、およそ一週間が経過した。

取り組みの成果としては、徐々に効果が表れ始めたと言ったところだろうか。つい数分前、一人ということもあり私はダイエット用の昼食を軽めに済ませた。

――この調子で何とかミュラー夫人とまではいかなくても、スタイルを維持しないと。

なんて考えながら廊下を歩いていると、正面からやって来たアルベールが声をかけてきた。

「奥様、昼食はもう召し上がられましたか？」

「ええ、先ほど済ませてきましたよ。デザートのプラムが甘酸っぱくて美味しかったです」

「それは良かった！　お口に合って何よりです。実は、シャルリー様が奥様のためにご用意したのですよ！」

「シャルリー様が？」

まさかの名前が飛び出して、思わず息を呑む。

すると、そんな私にアルベールは意気揚々と続けた。

「最近、厨房の使用人たちから奥様の食欲がなさそうだと報告を受け、随分心配していらしたのです。あっ、そうだ！」

何やらいいことを閃いたというように、アルベールの瞳が輝いた。

その直後、彼は手に持っていた書類の束を私に差し出してきた。

「えっ……アルベール？」

「こちら、シャルリー様の書斎に持っていく書類です。お届けついでに、ぜひ先ほどのご感想をシャルリー様にも聞かせてあげてください！」

ずいっと差し出す彼の勢いに気圧され、思わず受け取ってしまう。

そんな私に、目を細めてにっこりと笑うアルベールはさらに言葉を重ねた。

「私は別の用事を済ませてきますので、よろしくお願いしますね。奥様！」

「えっ、ちょ、ちょっとアルベール――」

慌ててアルベールを呼び止める。しかし、彼は長い足を生かして颯爽とその場を後にしてしまったのだった。

「嘘でしょう……」

ただでさえ避けているシャルリー様に、自分から会いに行くことになるだなんて。

しかも、間違いなくその場は一対一。でも……仕事だから仕方ないわよね。

――アルベールの話が本当なら、お礼もきちんと言わないと……。

「よしっ、行こう」

小さく呟き自身を鼓舞する。そして、私は渡された書類を抱え直して、シャルリー様の書斎に向かった。

◇◇◇

いざ書斎の扉の前に来ると、ここにシャルリー様がいるんだとつい緊張してしまう。

だが、任された仕事は全うしなければならない。

――すぐに渡して、早く戻りましょう。

コンコンコンコン。

ついにノックしてしまった。先ほどまでとは比にならない緊張が全身を駆け巡る。

しかし、しばらく経っても返事は返ってこない。

――おかしいわね？

もう一度ノックをしてみる。だが、またも返事は返ってこなかった。

どうしましょう。また、以前のように倒れていたら……。

嫌な予感が脳裏を過り、一気にゾッとした感覚が全身を襲う。

その瞬間、気付けば私の身体は勝手に動き出していた。

「失礼します。シャルリー様、いらっしゃいますか？　書類をお届けに――」

――あっ、いた！

ゆっくりと扉を開けて中を覗き込むと、かなり集中した様子で卓上の紙とにらめっこをしているシャルリー様が視界に入った。

かと思えば、跳ねたように顔を上げこちらに目を向けた彼と目が合った。

「レオニー？　どうして……って、ああ。すまない。俺が気付かなかったんだな」

そう言うと、シャルリー様は椅子から立ち上がりこちらに歩み寄ってきた。

「あ、あの、書類をお届けに……」

「ありがとう、助かった」

シャルリー様はそう言うと、私が差し出す書類を受け取って微かに笑みを浮かべた。

しかし、どうにもおかしい。何だか、元気がないような……。

他の人が見たらいつもとほとんど変わらなく見えるかもしれないが、曲がりなりにも数か月、一つ屋根の下で暮らしてそれなりに交流をしているのだ。

それに何より、自分が好意を寄せる人の異変に気付かないわけがなかった。

「シャルリー様、もしかしてお疲れでしょうか?」

「ん? いや、別にそんなつもりはなかったが。……レオニーにはそう見えるか?」

「はい、少し……」

私たちのあいだに静寂が広がる。

目の前のシャルリー様をチラッと見上げてみると、疲労がかなり溜まっていそうな顔をしていることがよく分かった。

最近は彼を避けていたから、すぐに彼の異変に気付くことができなかった。

——私のことは気遣ってくれるのに、自分のことには鈍感だなんて……。

きっとこの疲れの原因は仕事のストレスだろう。

こんなとき、どんな声をかけてあげたらいいのかしら。

私は彼に何をしてあげられるのだろう。

シャルリー様の気分が良くなるようなことがあればいいんだけど……。

ここまで考えて、ふと思い出した。

——そういえば、シャルリー様は食事のときは特に気分が良さそうよね？

「あの、シャルリー様」

「どうした？」

私が声をかけると、すかさずシャルリー様が真っ直ぐな眼差しをこちらに向けてきた。

緊張のあまり、反射的に目を伏せてしまう。しかし、意を決し言葉を続けた。

「さ、先ほどアルベールから、シャルリー様がプラムをご用意くださったと伺いました。ありがとうございますっ……」

「アルベール、また余計なことをっ……。はあ……気にしないでくれ。それより、味は良かっただろうか？」

「はい、とても美味しかったです！　ですので、今日のディナーでシャルリー様もぜひお召し上がりになってみてください。少しでもお疲れが取れるかも……」

喋っているあいだ、自身の鼓動が耳の奥で鳴り響き続ける。

今の私を見て、シャルリー様はどんな顔をしているのだろうか。

緊張で目を伏せたはずなのに無性に彼の表情が気になり、私は言葉を続けながらゆっくりと視線を上げて彼の顔を見つめた。

すると、見守るかのように優しい眼差しを向ける彼と目が合った。

「っ……！」

絶対に見ないほうが良かった。

そんな後悔が心に浮かんだところで、不意にシャルリー様が口を開いた。

「レオニーの言う通り、そうしてみよう。そこでなんだが、せっかくだから今日は一緒にディナーを食べないか？」

「えっ……？」

考えてもみなかった提案に、つい言葉を詰まらせてしまう。

ただ、ディナーなんてことを言い出したのはほかでもない私だし、理由もないから断るわけにもいかない。こうなれば、私に出せる答えはただ一つだった。

「では、ぜひ……ご一緒させていただきます」

動揺を隠すよう返事をすると、私を見下ろすシャルリー様の目に微かな安堵が浮かんだように見えた。

◇◇◇

まさかこんなことになるだなんて。

現在、私は運ばれてきた料理を目の前に絶句していた。

目の前に置かれた料理、それは私が今、最も避けたいお肉の塊であるステーキだった。

香ばしいうまみの匂いが鼻腔をくすぐる。

──なんてこと……お肉を食べたら太っちゃうのにっ……。

ふと、一緒に食事をしているシャルリー様を横目に一瞥する。

すると、気分良さそうにステーキに視線を落とす彼が視界に映った。

この表情を見てしまうと、いりませんなんてとても言い出せそうもない。

そのため、私はドキドキしながらナイフとフォークを手に取り、目の前の肉の塊もといステーキと対峙した。

──一回くらいなら、きっと大丈夫なはず。

そう何度も自身の心に言い聞かせ、私は何とか勇気を出して切り分けたステーキの一片を口の中に入れた。

「っ……！」

今まで我慢していたせいか、クローディア邸に来た日以来の衝撃が舌を通して身体中に巡った。

そのときの感情はもちろんただ一つ。

──美味しいっ……。

抗えない美味しさのせいで、思わず感動が表情に出てしまう。

そのときだった。

「レオニーは本当に美味しそうに食べるな」

突然、口数が少なかったシャルリー様が声をかけてきた。

今の自分がいかに間抜けな表情をしているのか。それらを瞬時に察知し、私は慌てて彼に言葉を返した。

「お、お見苦しいところをお見せ――」

「何が見苦しいんだ？」

シャルリー様はそう言うと、カトラリーを置いて訝しげな表情で私に顔を向けた。

かと思えば、フッと息を吐いた。

「何か勘違いしているようだが、食べる君の姿は素敵だ」

「えっ……」

私の聞き間違いだろうか。

――今、シャルリー様は私に対して素敵と言ったの……？

意表を突かれ、驚きのあまり言葉を失ってしまう。

しかし、夢なんか見るんじゃないという心の声により私はハッと我に返り、慌ててシャルリー様に言葉を返した。

「そのように仰られたら、ま、真に受けてしまいますよっ……？　ですから――」

「真に受けるも何も、思ったことを言ったまでだ。好きなだけ真に受けても問題ない」

――本当に今日のシャルリー様は、あのいつものシャルリー様なの？

思わず、確かめるように彼の顔を見つめる。

すると、私を射貫くような紺碧の瞳と瞳が交わった。

「実はレオニーが好きだと思って、ステーキを用意させたんだ。好きなだけ食べてくれ」

シャルリー様はそう言うと、微かに目元を細めて笑った。

無意識でここまで私の心を惑わすとは、なんて罪な人だろう。

――シャルリー様に嫌われたくない一心で食事制限を始めたのに、本人にこんなことを言われて、私はどうしたらいいの？

「好きなだけ食べたら……太ってしまいますよ」

――それはあなたも嫌でしょう？

そんな意味を込めて、独り言つようにせめてもの抵抗を示してみる。

だが、そんな私に返ってきた彼の答えは予想だにせぬものだった。

「だからどうしたんだ？」

「……えっ？」

本当に今日のシャルリー様はおかしいらしい。余程疲れているに違いない。

その想いを胸に彼を見つめると、彼はいたって普段通りだとでも言うように続けた。

「レオニーはもともと痩せているし、健康状態を逸脱しない範囲ならもっと太って問題ないだろう。もしかして……気にしていたのか？」

「っ……」

あまりに図星すぎる。唐突なクリティカルヒットを食らった私は、心の内を見透かされてしまった恥ずかしさのあまり顔を伏せた。

――こんな形でバレるだなんて……。

穴があったら入りたい。言い訳もできない。

そんな羞恥と困惑で頭がいっぱいになったそのとき、クスっと笑うシャルリー様の声がふいに耳に届いた。

「レオニー、安心してくれ」

とてつもない安心感のある声でそう言われ、私は自然とその声に導かれるようにおずおずと顔を上げる。

すると、口元に弧を描いたシャルリー様が一際優しい低音で、ありえないことを口走った。

「レオニーがレオニーである限り、君はいつでも素敵だ。特に、美味しそうに食べるレオニーを、俺は可愛らしくて気に入っている」

「き、気に入ってって……」

気に入るどころか、可愛らしいなんて言葉まで付随されていて、頭はもうパニック状態だ。

食べたら醜くなるという、心の奥の消しきれない恐怖心があった。

それなのに、今目の前にいる彼は食べる私の姿を可愛らしいと思っている……らしい。

本当に本当にそう思っているのだろうか？

嘘みたいな彼の言葉に未だ混乱が胸を渦巻くが、同時に嬉しさも胸いっぱいに広がった。

そんな中、感情がごちゃ混ぜになり百面相をしている私に、シャルリー様がいつもの落ち着き払った様子で声をかけてきた。

「俺の前では何も気にせず、気の向くままに食べてくれ」

「シャルリー様っ……」

「ステーキが冷める前に食べよう」

「っ……はい」

どうして彼はこんなにも私を甘やかすような言葉ばかりをかけるのだろうか。

これ以上好きになりたくないのに……。

だけど今、この瞬間だけはこの幸せに浸ってもいいだろう。

ちゃんと現実に戻るから、そう心に言い聞かせて私は食事を再開した。

それから間もなく、シャルリー様が微かに楽し気な声で話しかけてきた。

「ステーキだからか、初めて一緒に食事をした日のことを思い出すな」

「っ……はい、そうですね」

同じことを思っていたのかとひっそり驚きつつ、彼に同意する。

すると、彼は涼やかな表情のまま告げた。

「あのときの食事は、久々に美味だと感じられる食事だったんだ」

「いつもとっても美味しいですけど、あの日はかなりいい食材をいただきましたもんね」

私がそう答えると、シャルリー様は食事の手を止め微かに口角を上げた。

突然彼が見せたその表情に、図らずも心臓がドキリと高鳴る。

すると、シャルリー様が静かに続けた。

「それも一つの理由かもしれないが……実は違う理由がある」

「違うのですか?」

――じゃあ、どんな理由かしら?

答えが思いつかず、私が首を傾げたそのときだった。

「レオニー」

その声につられ、思考に耽っていた私は咄嗟に顔を上げる。折しも、こちらを見るシャルリー様が私の瞳を捉えるなり口を開いた。

「君の美味しそうに食べる姿を見ながら、一緒に食事ができたからだ」

「えっ……」

ただでさえ乱された心の中で、今日一番の嵐が吹き荒れた。

一方、その引き金となる言葉を放った彼は凛とした笑みを浮かべ、そのまま優雅に食事を再開してしまった。

それ以降、私はシャルリー様の言葉がずっと脳内をリフレインし、その後の会話は上の空でほとんど覚えていない。そして、気付けば私は自室へと戻って来ていた。

――本気でまずいことになったわ。

私はソファに座るなり頭を抱えた。

シャルリー様の今日の言葉を聞いていると、思わず期待してしまう自分がいた。

そのせいで、より彼にのめり込んでしまっている自分を嫌なほどに自覚させられた。

まさか、あのシャルリー様の口から素敵や可愛らしいなんて言葉が出てくるなんて。

しかも、他でもない私に向けてっ……。

私は思わず身悶えて、隣に置かれたクッションを最大限の力で抱え込んだ。

そして、わずかに冷静さを取り戻した所で気付いた。

「もしかして、愛玩動物の犬猫みたいな感覚で言ったのかしら？　それか、そもそも女性として見られていないのかもっ……」

……ありえなくはない。

そう思うと自然と身体から力が抜け、私はクッションを胸に項垂れた。

——何にせよ、さすがに頭を冷やさないと……。

クッションを力なく戻した私は、ゆっくりと立ち上がって窓辺に向かい窓を開けた。

枠に寄りかかると、火照りを冷ますほんのりと冷たい風がすぐに頬を掠める。

「いくら何でも、夢を見過ぎよね。本当に酷い人だわ……」

どうして、私はこんな状況になってしまったのだろう。

好きになったのが、シャルリー様じゃなければ良かったのに。

夫になる人でさえなかったら、それだけで諦めがついたのに。

——このままじゃ生殺しよ……。

彼の発する言葉すべてが、私の心をひっちゃかめっちゃかにしていく。

だけど、彼にはその自覚が一切ないのだ。

となれば、彼を好きにならないためというよりも、私は私の心を守るためにシャルリー様との接触を極力減らさなければならない。

今日の出来事を通し、そのことがようやく骨身に沁みて分かった。

淡い微かな期待に縋っていたら、私が先にダメになってしまう。

もうなりふり構っていられない。

今までよりも、もっともっと徹底的にシャルリー様と最低限の距離感を保とう。

そう本気で腹を括り、次の日からさっそく私はその作戦を決行したのだった。

◇◇◇

作戦開始から数日が経ったある日のこと、私は執事長と家計の打ち合わせを終えて部屋に戻るなり、どっと押し寄せる疲れとともにソファに座り込んだ。

「……はあ」

覚悟はしていたが、シャルリー様を避ける日々がこんなにもつらいとは。

彼が私に求めることは、必要最低限の夫婦でいようということだけ。

ただ、そのためにこんな日々が一生続くなんて私は耐えられるのだろうか。

——まあ、彼に嫌われたり拒絶されたりしたくなければ耐えるしかないのだが……。

なんて思いながら、私は何とか気を紛らわすために仕事をしようと、重い腰を上げて必要書類の閲覧作業を進めることにした。

こうして作業を進め、各書類の整理を終えて時計に目をやると、いつもの巡回時間になっていることに気付いた。

「もうこんな時間だったのね」

意外にも時間が経っていてくれた。

そのことに安心しながら、気を取り直して私は習慣となった巡回のため廊下に出た。

第十九章　大誤算

しばらく歩いていると、長い一直線の廊下の先にいるアルベールの姿が目に入った。

すると、彼もこちらの存在に気付いたらしく、少し早足で私の目の前へとやってきた。

「アルベール、ごきげんよう」

疲れを見せないよう平静を装って挨拶の声をかける。

その声に応じるように、アルベールも挨拶を返してくれる。

だが、その彼が浮かべる微笑は、本意が分からぬ控えめなものだった。

「奥様、大事なお話がございます。少々お時間をちょうだいしてもよろしいでしょうか?」

「大事な話ですか?」

そう言われてしまえば、受け入れざるを得ない。

アルベールがいつも通りの笑顔じゃないところを見るに、余程大事な話らしい。

「分かりました。では――」

「談話室に移動しましょう」

「ええ、それがいいですね」

アルベールの提案に乗り、私は彼とともに談話室へと移動した。

すると、互いに席に着くなり真剣な表情をしたアルベールが口を開いた。

「単刀直入にお伺いします。奥様、なぜシャルリー様をお避けになるのでしょうか？」

ギクリと身体が強ばり、一気に鼓動が加速した。

手足が急速に冷えていくのを感じる。

「どうしてそのようなことを？　私が公爵様を避けるだなんて――」

「いいえ、ここしばらく避けておられました」

えらく確信を持った彼の言い方に、思わず続く言葉が出てこなかった。

すると、彼はそんな私にさらなる言葉を加えた。

「……お好きなんですか？」

「っ……！」

どうして分かったのだろうか。

私は徹底的にこの想いを隠しているはずだった。

公爵様本人はもちろんのこと、誰も気付いていないと思っていた。

何なら、避けるほど嫌っていると疑われたほうが理解できた。

――それなのに、なぜ？

心のうちを悟られないよう、目の前に座るアルベールを見つめる。

だが、彼はそんな私のバリアをいとも容易く破った。

「図星ですよね。違うとは言わせませんよ」

シャルリー様のせいで緩和されているが、アルベールもなかなかに冷徹そうな顔立ちをしている。

その顔でジッと見つめられると、すべてを見透かされているような気がしてならない。

——もう、そこまでバレているなら……。

私はとうとう折れ、彼に秘密であることを念押ししてついに認めた。

「はい。仰る通りです。……申し訳ございません」

「どうしてお謝りになるのです？」

私が謝る理由をまるで理解できないとでもいうように、アルベールは先ほどまでの冷徹な様子とは打って変わり、オロオロと困惑の表情を浮かべた。

どうやら怒っていたわけではなさそうだ。

そのことにわずかな安堵を覚えながら、私は彼に例の話をすることにした。

「実は、ここに来てすぐにシャルリー様と、愛し合って結婚するわけじゃないから、必要最低限の夫婦でいようと約束していたのです」

牽制と分かりながら恋心を抱いてしまった。

この自身の浅はかさに罪悪感を抱いてしまう。

だからつい謝ってしまったのだが、この私の説明を聞くなりアルベールは目を見開いて、何やらポツリと呟いた。

「シャルリー様は馬鹿なのか？」

「はい？」

「いえいえ、独り言です。どうかお気になさらず」

上手く聞き取れなかった私に、アルベールは満面の愛想笑いを浮かべて誤魔化しながら続きを口にした。

「どうか約束など忘れ、好きだというお気持ちを貫いてください。大丈夫ですよ。私が必ず解決してみせます！」

どこからその自信が湧いてくるのだろうか。

ついそう思ってしまうほど、彼は力強い眼差しを向けてきた。

だが、私はそんな彼の言葉に首を横に振った。

「ありがたいお申し出ですが、結構です」

「えっ……どうしてですか？」

断られるとは思ってもみなかったのだろう。

心底驚いたというように目を見開いたアルベールが、私のことを凝視する。そんな中、私は心の傷を端的に吐露した。

「……期待したくないんです」

血の繋がった家族よりも信頼していた、あんなにも優しいと思っていたカシアス様ですら、裏では私に対する不実を働いていたのだ。

蓋を開けてみれば実は見掛け倒しでした、なんてことはもう二度とごめんだ。

一度覚えてしまったあの苦しみを、もう一度食らう勇気はない。少なくとも、今の私には無理だった。

するると、察しのいいアルベールは、私のその思いを汲み取ってくれたのだろう。

それ以上無理強いすることはなく、優しく意外な言葉をかけてくれた。

「承知しました。では、私は陰ながら奥様を全力で応援いたします。想いは私にいつでも吐き出してくださいね。必ずご内密にいたします」

「ありがとうございます」

「とんでもない。では、本日は失礼いたします。部屋を出る際は、鏡でお顔を確認してくださいね」

アルベールは意味深なことを言い残し、にこやかに微笑んで部屋から出て行った。

その瞬間、私は光の速さで鏡の前へと飛んでいった。

そして、自身の顔と対面するなり、彼の言わんとすることを察して、思わず顔を覆った。

「やだ……真っ赤じゃない……」

そう呟いたときだった。

ガチャリ。

扉が開く音が聞こえた。

慌てて扉に視線を向けたところ、私の目に飛び込んだのはなんと予想外、オリエンの姿だった。

「オリエン⁉　どうしてここに？」

「奥様っ⁉　し、失礼しましたっ……！　窓の修理を頼まれていたのですが、いらっしゃるとは思わず……」

「大丈夫よ。気にしないで顔を上げて」

私がそう声をかけると、彼は謝りながら下げていた顔をおずおずと上げた。

だがその直後、私の顔を見た彼は驚いた様子で声を上げた。

「奥様、体調が悪いのですか？　顔が真っ赤です！」

彼はアワアワと心配するかのような声を上げると、戸惑った様子ながら私の下へ駆け寄ってきた。

「大丈夫ですか？　医務室までお送りしましょうか？　それかメイドの方を呼んできましょうか？」

「だ、大丈夫よ！　気にしないで！」

恐らく熱を出していると勘違いしているのだろう。

私は誤解を解くべく、彼に必死に無事を伝えた。

しかし、羞恥でより濃く染まる頬を熱が上がっていると勘違いしたオリエンは、甘く端整な困り顔で私の顔を覗き込んだ。

——ああ、顔から火が出そうよ。

もう、穴があったら入りたいっ……！

まさにそう思ったときだった。

カツンという靴音が部屋中に響いた。

私はその音を認識するなり、恥ずかしくて伏せていた顔をガバッと瞬発的に上げた。

刹那、オリエンの背後に立つ人物と目が合った。

「シャルリー様……」

私が名を呼ぶも、彼は顔色一つ変えない。

その代わり、凍てつきそうなほど氷のように冷たい眼差しをこちらに向けたまま、彼はゆっくりと口を開いた。

「レオニー、話がある」

第二十章　不器用な二人と嫉妬の棘

「お話ですか？」

「ああ」

どうしたというのだろうか。

シャルリー様はどうやら苛立っているようだ。

そう肌で感じるほど、彼の周りには殺伐としたただならぬ空気が漂っている。

その様子に、心の中では思わず緊張が走る。

しかし、そんな雰囲気にもかかわらず、私の隣にいる人物は予想外の行動に出た。

「し、失礼ながら旦那様っ……」

突然、オリエンがシャルリー様に話しかけたのだ。

この状況において、いったい何を言いだすつもりなのだろうか。

シャルリー様もオリエンに不審を抱いたのか、今にも氷漬けにしそうなほど鋭い眼差しを彼に向けた。

「何だ」

「あの、どうやら奥様は熱がおありのようでして」

シャルリー様の視線が恐ろしかったのか、オリエンは目を伏せ尻すぼみになりながらも、何とか言葉を紡いだ。

途端に、シャルリー様の視線が私に移った。

「レオニー、そうなのか？」

私が赤面していたのは熱のせいではなく、まさに今目の前にいるシャルリー様のせいだった。オリエンはずっと勘違いをしているが、私はこれを機会に改めて訂正することにした。

「いいえ、熱はございません」

動じなさを装うため、しっかりと彼の目を見つめ言葉を返す。

すると、眼光の鋭さを緩めた代わりに、シャルリー様は酷く冷めた目を向けてきた。そして、一言告げた。

「……だろうな」

「っ……」

軽く頷く彼が淡淡と言い放った思いがけない返答に、思わず硬直してしまう。

せめて「そうか」くらいの返事が返って来るかと思っていた。

それなのに、予想通りというような返答に私は違和感を覚えた。

しかし、彼はそんな私に構うことなく言葉を続けた。

「場所を移して話そう。行くぞ」

シャルリー様はそう告げると、私についてこいと目で合図を送り、背を向け扉のほうに向かって歩き始めた。

だが、戸惑いで竦んでしまった私の足では、すぐに彼の背を追いかけることはできなかった。

すると、私がついて来ていないことに気付いたのだろう。

扉前まで移動していたシャルリー様が踵を返し、目の前まで戻って来た。

かと思えば、いきなり私の手を握り再び歩き出した。

「シャルリー様っ……？」

「……」

別に乱暴に握られたわけではない。

しかし、彼はこちらに一切見向きもせず、私の手を引いて移動を再開した。

私はこの突然の行動に当惑しながら、ひたすら彼の歩速に合わせて足を進めた。

そうしているうちに、私たちはシャルリー様の書斎へと辿り着いた。

——どうしたというの？

私、何か知らないうちにシャルリー様を怒らせてしまったのかしら？

部屋に到着するなり消えた手の温もりを感じながら、私はチラッと彼を一瞥した。

すると、無表情のまま私を見つめるシャルリー様と視線が交わった。

次の瞬間、彼が口を開いた。

「先ほどの使用人と、何の話をしていたんだ」

「先ほどの使用人とは、オリエンのことでしょうか？」

ここに来るまで数人の使用人たちとすれ違った。

だから念のために確認したつもりだったのだが、私がその名を口にした途端シャルリー様は空笑いをした。

「はっ、名前で呼ぶ仲なのか……実に親しいのだな。そういえば、アルベールとも随分と懇意の仲になったようだ。っ……まあいい。そのオリエンとやらと何の話をしていたんだ」

なぜアルベールの名前が出てくるの？

何だかいつものシャルリー様と違う意地の悪さを感じる言い方に、少しもやっとする。

しかし、私は平静を装って言葉を返した。

「ただ普通に、彼が私の体調を心配してくれていただけです。それに対して、大丈夫だという話を――」

「そんなわけない。熱でもないのに、何の理由もなく赤くなるはずがないだろう」

私の言葉を最後まで聞くことなく、シャルリー様がピシャリと否定的な言葉を言い放った。

――これはまずいことになったわ。

このシャルリー様の言葉により、私はようやく彼がとんでもない勘違いをしていることを悟った。

だが、同時に困難に直面した。

だって、言えるわけがない。

今目の前にいるシャルリー様こそが、その原因だなんて。

今思えば、あの状況に乗って微熱があることにするのが、最も賢い選択だったかもしれない。

しかし、もうすでに手遅れ。

どうやってこの現状を打破しようか。

実際はほんの数秒なのだろうが、体感では非常に長く感じるこの時間に焦燥感が募っていく。

そんな中、シャルリー様が追い打ちをかけるように続けた。

「俺には言えないような話をしていたのか？」

「違っ……」

反射的に言いかけた言葉を、私は途中で止めた。

今の彼はいくらそう伝えても、信じてくれそうになかったのだ。

素直にシャルリー様への想いを告げたとしても、その場を取り繕うための嘘だと見なされるだろう。

そしたら、彼の中でもっと疑心が深まるだけ。

元はと言えば、私が越えてはならない感情の一線を越えてしまったから、こんなことになってしまった。

だったらその責任として、諦めの気持ちをつけるためにも、嫌われる覚悟で彼を突き放すしか私に残された道はない。

もう二度と、シャルリー様と今までのようには過ごせなくなるだろうけれど。

——恋愛感情を抜きにしても、本当はもっとシャルリー様と仲良くなりたかったわ……。

自分の欲が招いたこの結果に、酷い虚しさが心を襲う。

だが私は意を決し、彼に心のうちを一切悟られぬよう表情を繕って毅然と告げた。

「私がここに来たとき、最低限の夫婦でいようと約束しましたよね？　それなのに、会話内容の何もかもを、すべてシャルリー様にお伝えせねばならないのでしょうか？」

ああ、本当に私は可愛くない人間だ。

シャルリー様にしてみれば、逆切れされたも同然。

もう今までの関係性を保てる可能性は絶望的だった。

——でも、これしか方法が思いつかなかったのよ。

彼に嫌われたなら、強制的に私の想いも絶たれるはずだし、期待もせずに済む。

そう心に言い聞かせるも、やはり込み上げるのはやるせなさと底知れぬ悲しみだった。

しかし、表に溢れそうになる感情を堪えようとギュッと奥歯を噛み締め、私は悪に徹するべく目の前の彼を見つめた。そのときだった。

「っ……！」

思いもよらぬ彼の表情が視界に映り、私は思わず息を呑んだ。

先ほどまでの冷酷さが抜け落ち、愕然とした様子で絶句した彼がそこにいたのだ。

そのあまりの様相の変化に驚き、私は取り繕っていた平静な表情を不覚にも一瞬で崩してしまった。

「シャルリー様？」

訝しむ気持ちで彼に恐る恐る声をかける。

折しも、そんな私の耳には予想だにしない彼の掠れ声が飛び込んできた。

「すまない、忘れてくれ」

「え？」

あまりに脈絡のない言葉に、私は聞き間違いかと思わず声を漏らした。

一方、私の正面に佇む彼は、困惑に紺碧の瞳を揺らしながら私を見つめて口を開いた。

「レオニー、すまなかった」

「何がすまないのですか？　忘れてくれって何を？　それではまったく意味が――」

「最低限の夫婦でいようと言ったのは俺だ。だが俺は……君を愛してしまった」

「っ……」

予期せぬその言葉に、私の脳内は一気に混とんとした状態に陥った。

――彼はいったい何を言っているの？

私を愛しているですって？

これは私の期待が作り出した幻想なのではないだろうか。もしかして、長い夢からまだ醒めていないだけなのではないだろうか。

そんな思いが呆然とした頭に浮かぶ。

だが、彼は私にこれは現実だと突きつけるように言葉を続けた。

「嫉妬したんだ。ほかのやつが君と一緒にいる姿を見て。だから君は何も悪くないと分かりながら当たってしまった。俺が言ったことは忘れてくれ、無理に話す必要もない。もう二度と、こんなことはしない。……本当に悪かった」

シャルリー様は一方的にそう告げると、私を視界から外すようにそっと目を伏せ、酷く痛ましげにしかめた顔を背けた。

「シャルリー様……」

心にしまい込んだはずの欲望と期待が、一気に胸から溢れ出そうになる。

すると、私が名を呼ぶ声が耳に届いたのだろう。

罪悪と背徳に目元から頬を紅潮させた彼が、傷付いたように震わせる瞳をこちらに向けた。

その瞬間、彼の視線と私の視線が一直線に交わった。

第二十一章　愛を知った日

まるで時が止まったかのような時間が流れる。

その最中、彼が向ける感傷を帯びた瞳には、ただ一人、私だけが映し出されていた。

「シャルリー様」

再び彼の名前を呼びかけると、シャルリー様の瞳が揺れた。

いつもの冷静さを失い、何を言われるのかと微かに表情を強張らせたシャルリー様。そんな彼に、私は一歩歩み寄った。

「レオニー？」

突然の私の行動に戸惑ったのか、彼が私の名を告げながら半歩後退する。

しかし、私は気にすることなく、伸ばせばすぐに手が届くまで彼との距離を詰めた。

そして、シャルリー様を見上げて告げた。

「忘れろというのは、私を愛していると仰ったこともでしょうか？」

「っ……ああ、それもすべて忘れてくれ。これからは君と距離をとるように――」

「忘れたくありません」

「……何？」

私の言葉が余程予想外だったのだろう。

シャルリー様は理解ができないとでもいうように、片眉を上げて目を細めた。

――今ここで、ちゃんと伝えないとっ……。

私は震えを堪えるため強く拳を握り、当惑した様子の彼に掠れ声で伝えた。

「私も……あなたを愛しているのです。きっと嫌われると思い、言えずにおりましたっ……」

たったの五か月、だけどその短い期間でこれまでの七年を超えるほどの想いが募っていた。

そうした中、彼の言葉を受けたことで、その想いは堰を切ったように止めどなく溢れ出した。

「例の約束もですが、何よりカシアス様のことがあって傷付くのが怖かったのです。あなたに私ではないほかの愛する女性ができたら、もう二度と立ち直れないと……」

言葉を紡ぎ出すにつれ、握る拳に力が入る。

「だから、あなたへの想いに蓋をしようとしたのです。ですが、あなたの想いを知った以上、知らないふりをして堪えるなんてできませんっ……」

これまでずっと隠していた想いを吐露すると、胸に滾るような熱いものが込み上げる。

そんな中、私は彼の紺碧の瞳を見つめ切なる想いの丈を告げた。

「シャルリー様、私もあなたをお慕いしております」

勇気を出し、一心に彼に視線を注ぐ。

すると、ふと私が握る拳に温かいものが触れた。

「そんなに強く握ったら怪我をする」

彼はそう言うと、私の手に視線を落とし固く握られた拳を解いて、そのまま私の両手を正面から掬い上げた。

ただ、無言の時間が続く。

それからしばらくし、ようやく彼が口を開いた。

「レオニー、君は優しいから無理に嘘を吐いているんじゃないのか？　君が俺を慕ってくれているだなんて、俺に都合が良すぎでは……？」

長年染みついた癖は抜けないのか、彼の声はいたって冷静そのものに聞こえた。表情も真顔そのものだ。

しかし、その瞳だけは違った。

感傷の色が払われたが、彼の瞳には未だ信じ難いという言葉がぴったりなほどの戸惑いが滲んでいた。

そんな彼に、私は涙を堪えながら微笑みかけた。

「それを言うなら私こそですよ。でも、これは夢ではありません。嘘を吐いている顔に見えますか？」

私はそう言って、私の手を掬い上げる彼の手を軽く握り返し、彼を見上げた。

ふと、上下する彼の喉仏が視界に入る。

その直後、彼がゆるゆると首を横に振り、私に真剣な眼差しを向けながらゆっくりと言葉を紡いだ。

「見えない。では……本当にこれからの生涯をかけて、俺は君を愛してもいいということか？」

「っ……！　そ、それは、もちろんっ……」

「そうか」

シャルリー様がそんな呟きを零す一方、私の心臓はバクバクと音を立てて鼓動を加速させていた。

生涯をかけて愛してもいいだろうかだなんて……。

あまりにも心臓に悪すぎる。

――どうして平然とそんなことが言えるの？

このままじゃ心臓が持たないわ。

緊張でつい変な受け答えをしてしまった気がする。

シャルリー様は何を考えているのかしら。

恥じらいから思わず伏せた目を上げ、目の前の彼を一瞥した。

すると、喜びを噛み締めるかのように微かに口角を上げた彼が視界に映った。

出会ったばかりの私だったら、今この瞬間、彼がどれほど喜んでいるのか気付けなかっただろう。

だが、今の私には痛いほど彼の心情が伝わってきた。あまりに嬉しく、自然と私の口角も上がる。

そのときだった。

「レオニー」

シャルリー様が落ち着きある冷静な声で、私の名を呼んだ。その声に釣られるようハッと我に返る。

すると、私の目にかかりそうになった横髪を、シャルリー様が撫でるような手つきで耳にかけ直した。

その後、再び手を握って尋ねてきた。

「……抱き締めてもいいか？」

彼の瞳が微かに不安で揺れているのが分かる。

握り合ったシャルリー様の手にも、わずかに力が籠った。

いつも動じることのない彼に、こんな一面があっただなんて。

私は思わずクスリと笑い声をあげてしまった。

「レオニー？」

「ふふっ、これからは聞かなくても構いませんよ」

不思議がる彼にそう返すと、私は彼と目を合わせたまま繋いだ手を離し、両腕を広げてみせた。

「……抱き締めてください、シャルリー様」

こんなこと、今まで口にしたことすらない。

そんな私らしくない言葉に、目がチカチカしそうなほどの羞恥が自ずと募る。

だから、私の言葉に驚き目を真ん丸にした彼を見た瞬間、つい直視できず軽く目を伏せた。

それからどれだけの時間が経ったのだろう。

とにかく緊張しすぎて、十秒なのか一分なのかも分からないあやふやな体感時間が流れる。

しかし、切り出した張本人であるシャルリー様は、なぜか一向に私を抱き締めてこない。

——もしかしてやりすぎた？

引かれたのかしら……。

私は激しく脈打つ鼓動を胸に抱えながら、恐る恐るシャルリー様を見上げた。

その瞬間、眩しいほどの愛情に満ちた視線が私に降り注いだ。

「っ……」

美貌の彼が見せたその表情に、私は思わず心を奪われ息を呑む。そのタイミングで、ようやくシャルリー様が私を抱き締めた。

まるで壊れ物に触れるみたいに、優しく包み込むかのような抱擁だった。

その抱擁を受け、私も彼の広い背に腕を回した。

すると、彼は私を引き寄せるように腕の力を少し強め、私たちは存在を確かめ合うかのように、ギュッと互いを抱き締め合った。

彼の広い胸に頭を預けると、平常時より少し早いであろう彼の胸の鼓動がトクントクンと聞こえる。いつもは仄かな彼の香りが、心まで満たすように私を包んだ。

それだけで、じわじわと胸の奥が熱くなってくる。

「レオニー」

「っ……」

心音の温もりに浸っていると、私の名を呼ぶ彼の声とともに零れた吐息が、自然と私の耳をくすぐった。

刹那、私の耳は火のついた薪のように熱を帯びた。

だが、次に続くシャルリー様の言葉で、私の浮つきかけた気持ちは一気に吹き飛んでいった。

「君の人生は決して平坦ではなかっただろう。いつも見せてくれる笑顔の裏に隠してきた傷も、きっと少なくはないと思う」

何でもお見通しな彼は、そう言いながら私を抱き締める力を強めて言葉を続けた。

「ただ、俺にはこれまで君が生きてきたそれらの人生を、変えることはできない」

「っ……」

「しかし、未来は変えられる。これから一生を通して、今までの人生を上書きするくらい、俺がレオニーを幸せにするからな」

シャルリー様の言葉に、私は思わず自身の唇をぐっと噛んだ。

誰かが私をこんなにも大切に思ってくれるだなんて。

それも、私が愛する人がその人だなんて。

本当に夢みたいだ。

「シャルリー様っ……」

胸元から顔を上げシャルリー様を見つめると、彼の美しい紺碧の瞳が柔らかく細められた。

「泣いているのか？」

彼の胸に顔を埋めているあいだ、自分でも気付かないうちに泣いてしまっていたらしい。

そんな私の顔を見た彼は、ひどく優しい笑みを浮かべた。そして、片手で私の腰を抱いたまま、流れるような手つきで自身の胸元にもう片手を滑り込ませ、ハンカチを取り出した。

「レオニーにならばいいよな？」

シャルリー様は独り言ちるように呟くと、そのハンカチを使って私の頬を伝う涙を拭ってくれた。

そして、涙を拭き終えると再びそのハンカチを胸元に戻した。

それは一瞬の出来事だった。けれど、私は鮮明に気付いた。

――このハンカチ、私が贈ったものだわ……。

彼が使っていたハンカチは、私がお礼にプレゼントしたあの刺繍入りのハンカチだった。

わざと仕込むなんてできるわけもなく、彼は普段から使ってくれていたのだと知り、思いがけず胸を打たれ心が震える。

その勢いで、私は強くシャルリー様を抱き締めた。

「どうした、レオニー？」

彼は私の行動に驚きながらも、すぐに私をあやすかのように抱き締め返してくれた。

そんな彼の胸元に顔を埋め、私は先ほどの言葉について言及した。

「幸せにしてくださると仰いましたが、私はシャルリー様も幸せじゃないと幸せにはなれませんよ」

愛する人が幸せでないのに、私が幸せでいられるわけがない。だから、一方的でなく私も彼に幸せでいてほしいと思っていることを伝えたかったのだ。

するとシャルリー様は私に予想外の返答をした。

「それなら安心しろ。すでに達成済みだ」

「えっ？」

思わず漏れた驚きとともに彼を見上げると、シャルリー様は私の前髪を指先でかき分けながら続けた。

「君が傍にいてくれるだけで満ち足りた気持ちになるんだ。これは……幸せということだろう？　俺には君がいたらそれでいい」

ああ、本気なのね。

私しか映っていない彼の瞳を見て、私の胸はこれまでにないほど熱く揺れた。

すると、胸が詰まり言葉が出てこない私に、シャルリー様は言葉を続けた。

「俺たちの出会いは決していいものではなかった。少しやり直させてくれ」

やり直しとは何の話だろうか。

そう思っているうちに、シャルリー様は私の左手を胸の高さまで掬い上げた。

「レオニー。ほかの誰でもなく、俺は君と結婚したい。利用するためではなく、今は愛し合いたいと思っている。この想いを受け入れてくれるだろうか？」

いたって真剣な彼の瞳には、切望が色濃く刻まれていた。その瞳を見て、私が出せる答えはたった一つしかない。

「はいっ……喜んで！」

満たされた心で彼にそう言って笑顔を向けると、私を見つめる水天一碧《すいてんいっぺき》の瞳が燦然と輝いた。

そのまま、彼は愛おしむような微笑みを見せながら、私の左指に口づけを落とした。

「君と結婚できる日が心から楽しみだ」

私たちが正式に婚姻を結ぶ日は一か月後に迫っている。

彼とこうして心が通じ合った今、私もその日が待ち遠しくて堪らない。

――これがきっと、本当に人から愛される喜びというものなのね。

かくして、初めて感じる心の安らぎに浸りながら、私たちは互いに引かれ合うかのように、再び抱き締め合ったのだった。

第二十二章　繋がった二つの心

私は現在、非常に熱烈な視線を浴びていた。

「あの……アルベール。なぜそんなにこちらを見るのですか？」

シャルリー様の書斎で仕事をしていると、同室でともに仕事をしているアルベールがこちらをニコニコと見つめてくるのだ。はっきり言って、気まずい。しかし、彼はそんな私に対し、清々しい笑顔でいつもの決まり文句を言い放った。

「ああ、奥様。どうかお構いなく」

アルベールはそう言って、未だこちらから視線を外そうとはしない。

すると、そんな彼に低く鋭い声がかかった。

「アルベール、それはお前が言うべき言葉ではない。レオニーを見るな」

「私は奥様だけでなく、シャルリー様も見ておりますよ」

「見なくていい」

「そんなっ……！　私は仲睦まじいお二人を見ておりたいのです！」

アルベールはそう言うと、私だけに見える位置で親指を立て、それは爽やかな笑みを浮かべた。

――アルベールは私の片思いを知っていたものね……。

アルベールは私とシャルリー様の想いが通じ合ったと知った日、それは心の底から喜んでくれた。

　今、彼が私たちに向ける視線も不躾ではあるが、優しく見守るかのように温かいものであることには違いなかった。

　——本当にシャルリー様が大好きなのね。

　そう考えると、主従を超えたシャルリー様とアルベールの関係が微笑ましく思える。

「ふふっ」

「レオニー？」

「お二人は本当に仲がよろしいのですね」

　私がそう言うと、二人は息が合った様子で互いに顔を見合わせる。

　だがすぐに私へと向き直り、先にシャルリー様が口を開いた。

「腐れ縁みたいなものだ」

「その通りです」

　続けてアルベールが彼の言葉に同意する。

　まさに阿吽の呼吸のその様子を見て、私の口角はさらに自然と上がった。

　すると、シャルリー様が手に持ったペンを置き、スクッと立ち上がって私のほうへ歩み寄ってきた。

「レオニー、今日はえらく気分が良さそうだな」

　シャルリー様はそう言いながら、梳かすように私の下ろした髪を一撫でした。直後、ある提案をした。

「仕事のきりもいい。ダンスの練習でもするか？」

「ええ、そうしましょう」

提案に乗ると、シャルリー様は立ち上がろうとした私に手を差し出した。

「お手をどうぞ」

「至れり尽くせりですね。ありがとうございます」

微笑みかけながら言葉を返すと、シャルリー様は立ち上がった私の頭にキスを落とした。

そして、腕を差し出し社交界のエスコートさながら、私を邸宅内のダンスホールへと誘った。

◇◇◇

窓から差し込む陽だまりの柔らかい照明の中、私たちはゆったりとしたスローワルツに身を委ねながら踊っていた。

何回も練習して分かったことだが、どうやら私はシャルリー様と踊りの相性がいいらしい。

そのおかげで、私たちは余裕あるこのダンスの時間を通して、互いに仲を深め合うことができていた。

今は社交期前の下準備の段階。

そのため、シャルリー様は外出する仕事も多く、家でも朝から晩まで仕事に忙殺されている。

だからこそ、このダンスの時間は私たちにとって、愛を深める貴重なひとときとなっていた。

「レオニー、お願いがあるんだ」

「お願いですか？」

シャルリー様の口から、お願いという言葉が出てくるだなんて。私に心を開いてくれているのだと嬉しくなる。

だが、続く言葉は予想外のものだった。

「もっとわがままになってくれ」

「それが……お願い？」

「ああ、君は欲がない。君のわがままなら、俺はいくらでも聞いてあげたいのに……」

こんなことがお願いだなんて。

軽く動揺した私の足は、思わず軽くもつれかけた。

だが、そんな私をシャルリー様は難なくフォローする。

「レオニー、何か言ってくれ」

「そんな急に言われても……。ここでの暮らしは、今までにないほど好待遇ですから」

本当に何も思いつかない。

そんな想いを込めた瞳で目の前の彼を見つめると、微かに痛ましげなシャルリー様の瞳と視線が交わった。

「ここでの生活は普通の待遇だ。君の家族やかつての人々は、君を随分と手荒く扱っていたようだな」

　どうやらシャルリー様は怒っているようだった。

　その姿を見ていると、心の傷に包帯を巻かれるような気分になる。

　だが、いつまでもそんなことで彼の心を乱したくない。

　私は何かないだろうかと必死に頭を捻り、ある一つのわがままを思いついた。

「シャルリー様」

「どうした？」

「一つ、わがままを思いつきましたよ」

　私がそう告げた途端、シャルリー様の瞳が太陽の光を受けた海面のように鮮やかに輝いた。

「何だ？　必ず叶えよう」

「ふふっ！　……ディナーを一緒に食べてください」

「えっ……。そんなことか？」

「そんなことではありませんよ。今日を含めて、三日連続一緒に食べてください！」

　ここ最近は特に忙しいらしく、シャルリー様はディナー抜きの日も少なくなかった。

　仕方ないこととはいえ、私も一人の食事が少し寂しく感じていたため、ちょうどいい機会だと思ったのだ。

「ダメでしょうか……？」

　だけど、何だか急に不安になって来た。

三日連続はさすがに無理すぎただろうか。

この時期になると、お父様もカシアス様も毎年ナーバスになっていたし、もしかしたらシャルリー様も……。

「ダメも何も、もちろんいいに決まっている」

「えっ……よろしいのですか？」

「当然だ。もう少し俺に期待してほしいものだな」

そう言うと、シャルリー様は踊る足を止めた。

一緒に踊っていたため、私も釣られて足を止める。

その瞬間、シャルリー様が私の唇にチュッと軽く口付けた。

途端に、私の頬は熱を持つ。

まだ慣れないキスに、私の頬は苺くらい真っ赤に染まっているだろう。

その様子が面白いのか、シャルリー様は優しく目を細めて言葉を続けた。

「君のわがまま心を育てるのも、俺の腕の見せ所といったところか」

「そんなにわがままにされては困りますっ……」

なんてことを言うんだと、私は彼から軽く目を伏せた。その直後、頭上からシャルリー様の笑い声が降ってきた。

彼はあまり声を上げて笑う人ではない。

だからこそ、私は反射的に伏せていた目を上げた。

すると、愛おしそうに私を見つめる彼と視線が交差した。

「参ったな。君を困らせたいわけではないが、困ったレオニーがこんなに可愛いとは……」

彼はそう言いながら口元に軽く拳を当てていた。

だが、しばらくしてその拳を下ろすと深く息を吐き、私にゆっくりと歩み寄って額にキスを落とすと、そのまま包むかのように私のことをめいっぱい抱き締めた。

「レオニー、明日だな」

「っ……！　はい」

「一緒に提出しに行こう。約束だ」

私はそう言った彼の胸元で頷き、返事の代わりに回す腕の力を強めた。

明日は私たちにとって、最大の記念日。ついに、婚姻届を提出できる日なのだ。

こうして、愛し合って結ばれる喜びを噛み締めた私たちは、翌日、極秘で教皇庁に赴き婚姻届を提出した。

そして無事、私とシャルリー様が法律的に認められた夫婦になったのだった。

◇◇◇

鏡台の前の椅子に座り、私はジッと大人しく鏡を見つめていた。

それからしばらくし、私の髪をセットしていたリタがついに最後の髪飾りをつけて歓声を上げた。

「まあ！　奥様、なんてお美しいのでしょう！」

「リタが綺麗にしてくれたおかげよ」

「奥様の素地が良かったのですよ。ああ、本当に可憐でありながらお綺麗だわ！　侍女になって初めての着付けを、このような特別な日に任せていただけて大変光栄です！」

「私もあなたに着付けてもらえて、とっても嬉しいし心強いわ。リタ、ありがとう」

「と、とんでもないです！　私はお手伝いをしただけで――」

コンコンコンコン。

突然、扉をノックする音が聞こえた。

すると、リタが不思議そうに首を傾げた。

「もしかして旦那様でしょうか？」

「ええ、そうみたい」

私が頷くと、リタはそれは嬉しそうに顔を輝かせ扉に駆け寄った。そして、ニコニコと溢れんばかりの笑みを浮かべながら扉を開けた。

「レオニーの支度はできただろうか？」

「はい！　それはもう大変可愛らしくてお美しいです！」

「ああ、当然そうだろうな」

二人してなんて会話をしているんだ。

リタはシャルリー様を怖がっていたはずなのに、私のことになるといつも別人のようになる。

そのことに恥じらいを覚える私の耳に、ふとシャルリー様のある声が届いた。

「中に入ってもいいだろうか？」

「もちろんでございます！」

入室を許可するリタの声が聞こえ、私は立ち上がってシャルリー様を出迎えるべく扉のほうへと向き直った。

刹那、入室してきた彼が視界に映った瞬間、私は呼吸が止まるほどの衝撃を受けた。

――なんてかっこいいのっ……！

銀世界のような髪は、思わずため息が出るほど美しく綺麗に整えられている。

この家に来た日以来に見た彼の正装姿は、以前よりもずっと魅力的に映った。

また黒を基調としたコーディーネートの中に、キラリと輝く私の瞳の色と同じ宝石がついた、カフスボタンやブローチを見つけた。

その不意打ちに、たまらず胸がときめく。そのときだった。

「レオニー、どうしようか。君が可愛すぎて誰にも見せたくない」

「なっ……何を仰るんですか！　そのようなご冗談――」

「冗談ではない。本当に綺麗だ。レオニー、どれだけ俺を惚れさせる気だ？　もちろん大歓迎だが」

シャルリー様が、否が応でも照れざるを得ないほどの甘い言葉を繰り出してくる。

だが、あまりにも真顔に近い表情で言うものだから、本当に同一人物が声を発しているのかと耳を疑いそうだ。

しかし、彼の心の籠った目を見れば、そんな考えはあっという間に吹き飛んでいった。

「皆があなたに夢中になりそうなくらい、シャルリー様も本当にかっこいいですっ……」

そう言って、私は今自身が身に着けている、星屑をちりばめたかのごとくふんだんに宝石が使われた紺碧のドレスと同じ色をした瞳に笑いかけた。

すると、シャルリー様の端整な口元が微かに弧を描いた。

「俺はレオニーだけが夢中になってくれたらそれでいい」

「もうすでに達成済みですよ」

「ふっ、そうか。なら何よりだ」

シャルリー様はそう言うと、さらに頬を緩ませて腕を差し出してきた。

「さあ、行こう。今日は皆に俺たちの関係を教えてやらないとな」

「はい！」

私は腕に自身の手を乗せ、リタの見送りを受けながら部屋を出た。

「緊張しなくともいい。俺がいる」

彼はそう言うと、私が腕に乗せた手にもう片方の手を重ねてくれた。

それだけで、私は今日を無事に乗り越えられる気がした。

そう、今日は私たちの晴れ舞台。

とうとう、結婚発表をする建国祭の日がやってきたのだ。

第二十三章　肉を切らせて骨を断つ

しばらく馬車に揺られた私たちは、建国祭の会場となる王宮に辿り着いた。

シャルリー様は私が降りやすいよう、降車のエスコートをしてくれた。その後、私たちは腕を組んで会場の入り口に向かおうとした。

だが、背中越しに届く声がその私たちの歩みを止めた。

「レオニー！」

「まあ、なんて素敵なドレスを着ているの⁉」

「お前見違えたな！」

「あらあら、本当にお綺麗よ」

心をかき乱す声を耳にした私は、沈んだ気持ちで背後に振り返った。

案の定、メルディン侯爵家の一同――父、母、兄、義姉の四人が勢揃いしている姿が映った。

しかも、皆が揃いも揃って奇妙なほど私に笑いかけてきている。

「レオニー、会いたかったぞ。まったく……家族なのに会いに来ないなんてつれないやつだな」

お兄様は唐突にそう告げると、ガッと腕を伸ばして私の肩を無遠慮に掴もうとしてきた。

しかし、そのお兄様の手を別の手が防いだ。

「まともな挨拶もなしに失礼ですね、レグルス卿。それに、いくら妹とはいえ私の妻です。彼女への手荒な真似は許しませんよ」

「そんな、手荒なんてつもりはっ……」

シャルリー様の冷ややかな眼差しを受けたお兄様は、戸惑いの声を漏らしながら、何かもの言いたげな顔をしつつ手を引っ込めた。

すると、この気まずさを何とか打ち払おうとしたのだろう。この状況を目の当たりにしてもめげることなく、今度はお父様が口を開いた。

「いやいや、クローディア公爵、お久しぶりですな。レオニーも久しぶりだな」

「お久しぶりです」

形式的に挨拶を返すと、お父様は私に怪しがるような視線を向けて続けた。

「ふむ……。ちゃんと報告していなかったから拗ねているのか？　安心しろ。お前に会わないあいだ、ちゃんとトル公爵家に抗議しておいたぞ。だがそれだけではない。なんとセシリーも活躍したんだ。ほら、教えてやるといい」

お父様はそう言うと、私とさして顔も合わせたこともない兄嫁を、まるで実娘かのように前に出した。

「どうされたのです、セシリー様」

「実はあなたのために、昨日の夫人の集まりでルースティン侯爵とプリムローズの不倫の噂を広めてあげたの。だから、皆あなたに過失はないと知っているから――」

「私がいつ、そのようなことをしてくれと頼みましたか」

怒りを隠せぬ声が私の口から漏れた。

すると、てっきり私が喜ぶとでも思いこんでいたのだろう。まるで予想外の反応とばかりに、セシリー様のたおやかな表情が一瞬にして強張った。

「いや、頼まれてはないけれど……」

何とか声を漏らす彼女は、何が悪いのだろうと考えているようだった。

そんな彼女を責めるのは実に無益なことだった。

——領民や生まれてくる子どもに影響を及ぼしたくなかったから、積極的に噂を流さなかったのにっ……。

だがいくらそう思っても、噂が広まってしまえばあとの祭り。私にはどうすることもできない。

何とも虚しい気持ちが心に襲う。

そのときだった。

「あなた方は、何としてでもレオニーを傷付けたくて堪らないようですね」

まるで地を這うように低く冷ややかなシャルリー様の声が、この居た堪れない空間にピシャリと響いた。

「そんなことっ……！」

お母様が反射的に叫ぶ。しかし、シャルリー様はその声を受けても顔色一つ変えず、また一切の忖度なく言葉を続けた。

「これからは、レオニーのすべてのことに私が責任を持ちます。ですので、金輪際、彼女のことで勝手な行動をするのは謹んでください」

　こんなことで迷惑をかけてしまうだなんて。

　そう思う私の心を察したかのように、シャルリー様は私の顔を軽く覗き込み、そっと微笑みかけてくれた。

　その仕草一つで私の心は嘘みたいに安堵に包まれる。


「シャルリー様、ごめんなさい……」

「レオニーは何も悪くない、気にするな」

　彼はそう言うと、温かい瞳を一気に変容させ、氷の剣のような視線をメルディン家一同に向けた。

「ご理解いただけましたか？」

　余程シャルリー様の顔が怖かったのだろう。

　お母様とセシリー様はもちろんのこと、お兄様もうんうんと頷いていた。

　だが、お父様は頷きの代わりに口を開いた。

「分かりました……。では、そちらに関しては公爵の仰る通りにいたしましょう。ただ、そうなるとレオニーはもうメルディン家の人間ではないということですよね？」

「籍でという意味ならば、その通りです」

　シャルリー様がそう答えると、お父様は破顔して私に向き直った。

「レオニー、お前は公爵家に嫁いで不便一つないのだろう?」

「はい……」

突然どうしてそんな質問をしてくるのかしら。

意味が分からず訝しい眼差しを向けるとお父様は、それは嬉しそうに言葉を続けた。

「だったら、トル公爵家とルースティン家から届いた慰謝料は、メルディン家に入れていいよな?」

「っ……!」

「お前がクローディア公爵家にいるとは知らないから、あいつらはメルディン家に支払ったんだよ」

頭が真っ白になった。

私の心の傷を思いがけない幸運とばかりに利用されているのだ。もう、涙すら出てこなかった。

その代わり、私の口からは自然とある言葉が溢れた。

「いいです。もうお好きにしてください」

「本当か!?」

「はい。その代わり本日をもって私はあなたたちと絶縁いたします。行きましょう、シャルリー様」

「ああ」

私はもう振り向くことなく、今度こそ会場に向かって歩き出した。

何だかんだクローディア家の恩恵を期待していたお父様は、私の言葉の意味をようやく理解したのか、取り返しのつかないことをしたと後ろから嘆き声を上げている。

しかし、私はそれでも彼らに振り返らなかった。

……振り返りたくなかった。

「レオニー……」

「気にしないでください。傷付いていないわけではないですが、私、こう見えて意外とスッキリしたんです」

「……」

「本当ですよ？　だって私にはシャルリー様がいますから。……それでいいんです。そうあなたが教えてくれました」

私はそう言って、微笑みながらシャルリー様を見上げた。すると、私を見下ろす柔らかい表情をした彼と目が合った。

「レオニー、君はかっこいいな」

「それはシャルリー様のほうでしょう？」

「ふっ、可愛いことを言ってくれる。ただ、君が強く美しい女性であることには違いない。この調子なら胸を張って入場できるな」

「ええ」

彼に頷くと、彼も私に頷き返してくれた。

かと思えば、シャルリー様はそのまま流れるように、私の耳に触れるようなキスを落とした。

――やっぱり彼は、私の気を紛らわす天才ね。

こうして、私たちは会場内に足を踏み入れたのだった。

◇◇◇

私たちが会場に入ると、城内にはどよめきが響き渡った。

だが、一切気にすることなく、私たちは王への挨拶に向かった。

「国王陛下、このたびは建国の祝いの席にご招待いただき誠にありがとう存じます」

シャルリー様とそう告げると、陛下は愉しそうに笑い声をあげた。

「そう畏まるな。それで、発表は打ち合わせ通りでいいのだな？」

「はい」

陛下からの質問に、シャルリー様が肯定する。

その直後、陛下は愉しそうな表情を真面目なものへと一転させ、私に視線を移し、出し抜けに私の名を呼んだ。

「レオニー夫人」

「はい」

「幼き頃からそなたには悪いことをしたな。侯爵からは、君に意思確認をしたと聞いていたんだ。

……不甲斐ない主ですまなかった」

――どうして私、陛下に謝られているの？

てっきり結婚祝いの言葉をかけられると思っていた。

だからこそ唐突に始まった謝罪にわけが分からず、私は説明を求めてシャルリー様を見つめた。

すると、彼は戸惑う私の耳元に顔を寄せ、コソッと囁いた。

「レオニーへのこれまでの扱いが許せなかった。だから、陛下に諫言《かんげん》書を提出したんだ」

「えっ……」

私に秘密にしていたからか、シャルリー様は少し気まずそうに視線を彷徨わせた。

だが、やはり自分は間違ったことはしていないとばかりに、彼は私の目を見て言葉を続けた。

「君を蔑ろにしたやつは、それ相応の報いを受けるべきだ。君の七年が、軽んじられたままでいいわけがない」

「シャルリー様……」

ここ最近ずっと忙しかったのも、諫言書を書いていたからに違いない。

誰よりも私のことを考えてくれるのは、結局シャルリー様だった。

ダメと分かっているのに、泣いてしまいそうだ。

グッと奥歯を食いしばり堪える。その最中、陛下が口を開いた。

「私の期待が彼をおかしくしたのだ。自覚がなかったわけではない。本当に悪かった。侯爵も秘書職から降格させることに決めた。私への虚偽申告にあたるからな」

お父様は家族よりも陛下命のような人。

降格処分により、かなりの心的・社会的ダメージを受けることは、火を見るよりも明らかだった。

お父様の立場を鼻にかけるほかの三人も、赤っ恥をかくことは間違いない。

これが相応の報いかは分からない。だが、領民を巻き込んで困らせる気もさらさらない。

そのため、私は陛下の謝罪に対し、波風を立てない返答を選んだ。

「恐縮ながら、謝罪をお受けいたします」

私がそう告げると、陛下はホッとしたように目を細めた。そして、微笑みながら声をかけてきた。

「君の広い心に感謝する。うむ……こうしてみると、二人は実にいい組み合わせのようだ。よし、皆にも知らせてやらないとな」

陛下はそう言うと、手を鳴らして楽器団の演奏を止めた。

それにより、陛下に貴族たちからの注目が集まる。

そんな中、陛下が口を開いた。

「本日は皆に喜ばしい報告がある」

陛下がそう告げると、貴族たちはその場で騒めき始めた。

「何ごとかしら？」

「喜ばしい報告？」

「ほら、見て。やっぱりあの二人のことなんじゃっ……」

一人の呟きが連鎖し、次第にその場は喧騒に包まれていく。それを止めるように、陛下がわざと咳払いをすると、再び静寂が訪れた。

その直後、陛下の一瞥による合図によって、シャルリー様が口を開いた。

「私、シャルリー・クローディアは、このたびレオニー・メルディンと婚姻を結びましたことを、この場を借りて皆様にご報告いたします」

公爵家は王族にルーツがある家系がほとんどのため、公然での結婚報告が慣例化していた。だからだろう。

貴族のうち何人かはすでに報告内容を悟っていた様子で、シャルリー様の言葉を聞くなり祝福の拍手を始めた。

「そんな気配は一切なかったが、誰かと一緒に来たと思ったら、やはり結婚相手だったのか」

「どうせ契約結婚だろう」

「でも、さっき入り口でキスしているのを見たわよ」

「えっ……。まさか、あの冷血公爵だぞ?」

「待って、レオニーってルースティン侯爵の元妻のレオニー様?」

さまざまな声が聞こえてくる。

そんな中、シャルリー様は隣に立つ私を気にかけるように微笑みかけてくれた。

ちょうどそのとき、ふとある一方からの声がよく耳に届いた。

「公爵様の表情、今日はどこか柔らかいような……」

その女性の声に、私の心は高鳴り喜びが満ち溢れた。

彼が冷たい人だという誤解が薄れたことが嬉しかったのだ。

ついそちらに視線を向ける。だが、その先の光景を見た瞬間、私の心はスッと冷めた。

先ほどの声の主らしき女性の近辺に、感情が抜け落ちたような顔でこちらを凝視するカシアス様がいたのだ。

そして不覚にも、私はそんな彼と目を合わせてしまったのだった。

第二十四章　光を浴びる者、闇に沈む者

目が合ってしまったことは仕方ない。

私はすぐに、カシアス様から視線を逸らした。

それから間もなく、長いようで一瞬だった結婚発表が終わった。

すると、発表の終わりを合図とばかりに、私たちのもとにはたくさんの貴族たちが押しかけてきた。

「ご結婚おめでとうございます！」

「ありがとうございます」

こんな会話の繰り返しではあったが、シャルリー様との結婚を祝われるのは、形式的な言葉だとしても悪い気分はしなかった。

むしろ、彼と結ばれた実感が増して、心が華やいだ気持ちになってきた。

そのときだった。

お祝いの言葉をかけに来たうちの一人が、ある質問を投げかけてきた。

「ところで、夫人はいつからクローディア公爵と婚約なさったのですか？」

この質問は絶対にされると思っていた。

カシアス様は私と離婚後、すぐにプリムローズ嬢と再婚した。

だからこそ、私の婚姻がいつ決まったのか、ゴシップ好きの貴族たちが気になることは明白だった。

そのため、私はありのままを素直に答えた。

「離婚して間もなくです。婚約中から、クローディア邸で生活もしておりました」

こういった類の話は、必ず後からどこかのルートでバレる。その場合、話に一つ二つと尾ひれが付けられ、気付いた頃にはとんでもない話になっているのだ。

だが、自分から言ってしまえば、ほかの人たちもこれ以上話を変えようがない。

このように公的かつ人が多い場なら、なおさら効果的だった。

――シャルリー様と考えた作戦は成功ね。

あえて先に言ったことにより、貴族たちはどこか面白くなさそうな表情になった。

だが、これでいい。下手な詮索はごめんだ。

ただでさえ、私はカシアス様という爆弾を抱えているのだから。

「ところで、公爵閣下は近ごろ特に事業が好調だと伺いましたが、それはもしや夫人の影響だったのですか？」

新たに私たちに話しかけてきた中年の貴族男性が、興味津々な表情で尋ねてきた。

すると、その男性に今度はシャルリー様が答えた。

「ええ、その通りです。妻の存在こそが原動力です。なので、私の仕事の好調はすべて妻のおかげです」

――真顔でなんてことを言うの⁉

全部シャルリー様の努力なのに……。

私は困惑しつつ、急速に顔に熱が籠るのを感じながらシャルリー様を見上げた。すると、それは愛おしげに私を見つめる彼の眼差しが降り注いだ。

「あら、お熱いこと。本当に仲がよろしいのね」

「なんと初々しい。これはうらやましいですな」

集まってきた貴族たちは口々に、私たちの仲を微笑むような声をかけてくれた。

なんてそうこうしているうちに、お祝いに来る人々の波がようやく一段落した。

「レオニー、疲れてないか？　少し休憩しよう」

「はい、そうしましょう」

大勢との社交を好まないシャルリー様も、私が嫌われないようにと彼なりにかなり愛想よく頑張ってくれていた。

ということで、私は彼に賛同し移動を始めた。

だが、そんな私たちの進行は、のこのことやってきた爆弾によって遮られてしまった。

「レオニー……」

カシアス様が話しかけてきたことにより、周りの貴族たちの視線が一斉にこちらに集中するのが分かった。

本当に不快でたまらない。

だが、彼は気にせずに言葉を続けた。

「プリムローズは出産したばかりだから来られなかったんだ。……元気だったか？」

「自分の胸に手を当てて考えてみたら分かるでしょ。話しかけてこないで」

話したくもなかったが、付きまとわれるのも嫌だった。

そのため、私はそれだけ言ってシャルリー様と去ろうとしたのだが、カシアス様はなぜかめげずに言葉を続けた。

「君とは長年をともにした仲じゃないか。ただ、レオニーが心配なんだっ……」

長年の信頼を見事に裏切っておいて、何を今更。

怒りがカッと頭に込み上げるのが分かった。

しかし、私よりも先に怒りを発した人物が隣にいた。

「どの口が心配だとほざいているんだ？　侯爵がレオニーに接触しないことが一番の安全だ。二度とレオニーに関わろうとするな」

さっきは堪えていたが、シャルリー様はついに辛抱堪らんといった様子で、ピシャリとカシアス様に言い返した。

その姿を見ると、逆にスッと冷静になれた。

——そうよ、分からせてあげればいいのよ。

私はクイッとシャルリー様の袖口を引っ張り、こちらに意識を向けた彼を見上げた。

「どうした？」

傷付いていないかと、私を心配そうに見つめてくる。

そんな彼に大丈夫だと目で合図を送り、私はカシアス様に向き直って口を開いた。

「カシアス様」

「ああ、どうしたレオニーっ……！」

何か問題があったほうが嬉しいのかと思ってしまうほど、カシアス様は前のめりに反応した。

そんな彼に空笑いしそうになりながら、私は淡淡と彼に言葉を続けた。

「心配だと仰いましたよね？　ですが、その心配は一生無用です」

心配なんて言葉、この男の口からもう二度と言わせない。

そんな気持ちで、私はシャルリー様に寄り添った。

そうすると、自然とシャルリー様が私の腰に腕を回す。

それにより、今の私たちはどこの誰が見ても、仲睦まじい夫婦そのものになった。

そして、私は彼に心の底からの本心である、決定的な言葉を告げた。

「私たち二人で幸せになりますので、どうかお気になさらずお幸せに。私の隣には今、心を分かち信頼できる夫がおりますので」

人の心配なんてせず、自分の心配だけをしておけばいいのよ。心でそんな悪態をつきながら、私は彼に冷ややかな蔑みの眼差しを向けた。

次の瞬間、私の頬に温かく柔らかなものが触れた。

「シャルリー様……！」

「こんなやつ見る価値もない。どうせなら、俺のことだけを見てくれ」

シャルリー様はそう言うと、私の顔がカシアス様に向かないよう頬に片手を添え、もう一度私の頬に軽くキスを落とした。

人前ということもあり、爆発してしまいそうなほどの羞恥心が込み上げる。

それと同時に、周りの貴族たちが上げるどよめきや歓声が耳に届いた。

「今、何と仰ったか聞こえなかったわ。ああ、気になるわっ……！」

「まあまあ、落ち着きになって。聴き取れなかったけれど、夫人の顔を見たら明らかじゃないかしら？」

「見て、あれ。カシアス様、情けないったらないわね。よくもまあ、あんな酷いことをして話しかけられること」

「シャルリー様って、あんなにも甘いお方だったの!?」

さまざまな声が聞こえてくる中、シャルリー様は私だけを見つめて満足そうに片方の口角を上げた。

「行こう、レオニー」

そう告げるシャルリー様の腕にそっと手を載せ直し、私たちは目を見開くカシアス様の横を素通りしようとした。そのときだった。

「そうか……良かったよ」

カシアス様のどこか吹っ切れたような、明るい声が耳に届き思わず足を止めてしまう。

直後、背後から出会ったときのようなカシアス様の優しい声音が続いた。

「プリムローズに子どもが宿ってくれて心から嬉しかったが、君を裏切ったことはずっと心残りだったんだ。だけど……レオニーはいい再婚ができたんだな」

――心残り……いい再婚……？

幸い何とか表情は崩さずに済んだが、さり気ない彼の言葉選びに思わず歯を食いしばる。

しかし、彼は私の様子に気付くわけもなく言葉を続ける。

「安心したよ。っ……これまでのレオニーの努力に報えるよう、これからは僕とプリムローズで領地経営を頑張る。生まれてきた子にとってもいい親になるよ。別々の道を歩むが、これからはレオニーも幸せにな……」

まるで心が解き放たれたかのような口ぶりで言い放つカシアス様。

そんな彼の言葉を背に受けながらも、私は決して振り返りはしなかった。

代わりに毅然とした笑みを深め、指先から伝うシャルリー様の心強さを胸に、その場を後にしたのだった。

◇◇◇

休憩をしようと思ったが、カシアス様と直接対峙して疲れてしまった。

そのため、今日はもう帰ろうということになり、私たちは帰りの馬車に乗り込んだ。

「レオニー、楽になるなら俺にもたれるといい」

「シャルリー様がお疲れになりますよ？」

「レオニーの重さは気持ちいいから疲れない」

「本当ですか？」

「ああ、試してみるといい」

私には分からないのに、まんまと口車に乗せられて私は彼にもたれかかった。

無言の時間でも、こうしているだけで心が落ち着いてくる。下手したら眠ってしまいそうだ。

ボーッとしてきて目がとろんとしてくる。

こうして、私がまどろみの世界にどんどん沈んでいく中、シャルリー様がポツリと呟いた。

「レオニー、俺は君と家族になった」

「？」

「君は一人じゃない。俺が傍にいると、どうか覚えておいてほしい」

「ふふっ」

「レオニー？　俺は何かおかしなことを――」

「違いますよ。ただ、私ってシャルリー様が大好きなんだなあって思ったんです」

ほとんど眠りかけの状態で彼に告げる。

そして、緊張が解け切った私は言いっ放しのまま、完全に彼に寄りかかって、眠りの世界へと吸い込まれていった。

隣で悶絶している彼の様子など、夢の世界の中の私は当然知る由もなかった。

第二十五章　変わってしまったあなた

「……レオニーも新たな人生を歩み出したんだな」

建国祭でレオニーと再会してからおよそ二か月が経った頃、カシアスは書斎の椅子にもたれかかり、一人の空間で心からの安堵に目を細めた。

だがすぐに、脳内を過ったある懸念が彼の表情に仄かな厳しさを滲ませた。

彼の気がかり、それは妻となったプリムローズのことだった。

彼女は妊娠中、ほとんど女主人としての仕事に手を付けることはなかった。

もちろん妊娠中ということもあり、カシアス自身も特に彼女に仕事を強制するようなことはなかった。むしろ、彼女が安産できるようにと妊娠後期は仕事をさせなかったくらいだ。

しかし、カシアスは出産後の彼女の様子を目の当たりにし、漠然とした不安を覚えるようになっていた。

彼女はレオニーのように仕事を上手く誠実にこなせるのか、そもそも仕事をする気はあるのだろうかと。

そう思うようになったのは、一週間ほど前に彼女が言い放った言葉が原因だった。

『キャス、私のことをもっと労わってよ。赤ちゃんを産んだばかりなのに、仕事の話をしてこないで！　私のペースがあるんだから、急かさないでちょうだい！』

脳裏に焼き付いたその言葉は、今でも鮮明に頭の中で再生することができた。

初めてプリムローズに真っ向から向けられた、あの非難の眼差しを戸惑いながら受けた日を思い出し、カシアスは思わずため息を吐いた。

「はぁ……。ただ、いつから仕事ができそうか聞いただけだったけど、聞き方が悪かったのかな」

虫の居所が悪かったのかもしれない。

それだったら問題はないのだが、もし仮にそうでなかったとしたら。

そんな心配を心に秘めるカシアスだったが、彼は出産後のプリムローズが告げたとある言葉を思い返した。

『私たちの可愛い子どもよ。この子のためにもっと領地を繁栄させないとね、キャス』

こう告げた日の彼女の眼差しは、未来に明るい希望を抱いた爛々とした煌めきそのものだった。

あの瞳を信じたい。

そんなカシアスは、ふらりと椅子から立ち上がりある部屋を目指して歩みを進めた。そして、目的の部屋に到着すると部屋の中の揺り籠に歩み寄り、手慣れた様子でその中で眠る小さな赤子を抱き上げた。

「ニキアス……。今は難しいけど、お母様はきっと頑張ってくれるよな」

そう話しかけるカシアスの腕の中にいる息子のニキアスは、くしゃりとした笑みを浮かべ、まるで父親を励ますかのようにキャッキャと可愛らしい声をあげて笑った。

最愛の息子のその反応一つで、途端にカシアスの心の強張りも一気に解れる。

社交界の華として知られるプリムローズの遺伝もあって、腕の中の我が子はひいき目なしに見ても相当な可愛さだった。

だが、その容姿に関係なくカシアスは息子がとにかく愛おしくて、たまらずはにかみながらニキアスの頬をくすぐった。

「ニキアス。君がいてくれるから頑張れるんだよ。ありがとう」

カシアスがそう声をかけると、まるで意味が通じたかのようにニキアスが笑みを深める。その表情にカシアスは胸を熱くしながら、自身の心に強く言い聞かせた。

レオニーと別れてまでプリムローズと結婚したんだ。だから絶対に、この結婚が間違いであってはならないし、間違いであるわけがない。

レオニーに甘えていた頃の自分ではなく、今一度領主、父親、夫として心を改めて、これからの人生はプリムローズとともに支え合いながら領地を運営しよう。

カシアスは愛する息子と期待を胸に抱きながら、そう心に誓いを立てた。

その淡い希望が泡沫となる未来を、このときのカシアスはまだ知らずにいたのだった。

◇◇◇

ガチャーン！

つい一年前だったら考えられないような破砕音が、ルースティン侯爵家の女主人の部屋に響いた。それからまもなく、悲鳴にも似た女性使用人の声が続いた。

「お、奥様っ、大変申し訳ございません！」

床に膝を突き謝る女性の隣には、先ほどプリムローズが投げたティーカップが転がっている。

だが、投げた張本人はその砕け散った破片を気に留めることなく、深いため息とともに女性に言葉を放った。

「今日でクビよ。紅茶もまともに淹れられない無能なんていらないわ」

「そんな、奥様！　二度と同じ過ちは犯しませんから、どうか――」

「一度でも過ちを犯した時点でいらないのよ」

プリムローズはにべもなくそう告げると、彼女を視界から外すようにそっぽを向いた。

立腹しているであろうその彼女の様子を受け、使用人は何度も何度も彼女に謝り始める。

そのとき、不意に部屋の扉が開いた。

「プリムローズ、声が聞こえるが何事だ……って、は？　一体これはどういう状況なんだ？」

部屋にやって来たカシアスは、床に散らばった陶器の破片、その横で跪き懇願するように謝り続ける女性使用人、そしてその女性を欠片も気にしていない様子のプリムローズを見て愕然とした。

そんな彼に、カナリアのような声が返ってくる。

「キャス、今日でこれはクビよ」

「これって……まさか、彼女のことを言っているのか？」

「ええ、そうよ。ねえ聞いてよキャス！　私、お茶を零されたのよ！」

「どこか火傷でもしたのか？」

「ううん。ソーサーにお茶を零されたの」

「は……？　まさかそれで、ティーカップを投げたのか？」

「そうよ。それで、これは今日でクビだから――」

「謝るんだ」

「ちょっと……何言っているのキャス？　まさか、私にこれに謝れって？」

「そうだ。それに彼女はこれではない。きちんと彼女に謝るべきだ。君のその高圧的で専横的な言動は間違っている」

カシアスはそう言うと、跪いた使用人に立つように命じた。

その光景を見るなり、プリムローズは額に血管を浮き上がらせ金切り声を上げ始めた。

「まさか、キャスは私よりもその使用人が大事だって言うの⁉」

「そういう話じゃ――」

「そういう話よ！　もういい！　説教なんて聞きたくないわ！　どうせ、またあの女と私を比べるようなことも言うんでしょ！　出て行ってちょうだい！」

そう叫びつけられたカシアスは酷い頭痛に苛まれながら、使用人を先に部屋から出した。

そして、出会った頃とは違いやつれ果てたように変貌した妻の姿を一瞥し、カシアスもまた無言のままその部屋を後にした。

直後、プリムローズは扉が閉まりきるのを確認するなり、ドサッと椅子に座って悔しさに顔を歪めた。途端に、行き場のない感情が溢れ出すかのように涙が彼女の頬を伝う。

「キャスはあんな人じゃなかったのにっ……！」

妊娠前のカシアスは、理想の王子様のようにかっこよくて優しかった。

それなのに、妊娠後期から出産後にかけて、徐々に彼は態度を変え始めた。

仕事に関してコントロールをしてきたり、説教をしてきたりするようになったのだ。

お腹が大きくなるにつれ、だんだん大好きなドレスが着られなくなった。

その時期から、カシアスはお腹の子に悪いと外出を止めてきた。

どうして家を出てはダメなのかと不満もあった。

だが、家の仕事もしなくていいと言ってくれて、キャスはやっぱりいい夫だと心から思った。

なのに、出産後はいきなり仕事の話をするようになったのだ。

そんな彼に対し、プリムローズはそれほど仕事仕事と言ってくるのならと、社交を深めるため大好きな舞踏会に行くことを申し出た。

しかし、カシアスはそのプリムローズの申し出を一蹴し、家の仕事ができないうちはダメだと言って止めたのだ。

仕事をしろというのに、自分が申し出た仕事はすべて却下されてしまう。加えて、嫌な仕事ばかりを押し付けようとしてくる。

簡単な仕事だと言うから試しに取り掛かってみたものもあったが、どう手を付けたらよいかすら分からない。

だからできないと伝えたのに、彼は再び彼基準の「簡単な仕事」を持ってくるのだ。

こんなのは私の仕事ではなく、そもそも彼の仕事のはずなのに。

このカシアスのガッカリな言動に対し、プリムローズはもどかしさや悔しさ、鬱憤を抱えながら、かつて彼に向けた言葉を思い返した。

『私たちの可愛い子どもよ。この子のためにもっと領地を繁栄させないとね、キャス』

ニキアスを生んだ直後、彼はきっとプリムローズたちに楽をさせてくれるのだと思っていた。

なのに、あのときの溌溂とした返事は嘘かのように、彼は自身にも苦労を強いようとしてくる。

しかも最近では、レオニーレオニーと前の女と比較もするようにもなったのだ。

こんな屈辱に耐えられるわけもなく、いつしかカシアスとプリムローズのあいだには、二人の時間もなくなっていた。

どうして、こうも思い描いた未来通りにいかないのだろうか。

最近のプリムローズはそんなことばかりを考え、その理由として毎度最終的に、息子であるニキアスに行き着くのだった。

思えば、人生が変わったすべてのきっかけは、ニキアスの妊娠だった。

それにより、プリムローズの人生設計における、すべてのバランスが崩れてしまったのだ。

「あの子がいなければ、私はもっと自由だったのに……」

無意識にそう独り言ち、深いため息を吐く。

その直後、自身の何気ない言葉に気付き、ハッと我に返ったプリムローズの背筋にゾクリと冷たいものが走った。

そして、今零した言葉を記憶から消し去るかのように、彼女は勢いよく椅子から立ち上がると、ツカツカと歩みを進め、ドレッサーの扉を開けた。

「ら、来週のサロンには、どのドレスを着ていこうかしら」

まるで誰かに相談するかのように大きな声で呟く。

その最中、彼女は視線に留まったある一着のドレスを手に取り、とある男についての記憶を巡らせたのだった。

◇◇◇

私たちの婚姻発表を終えてから、クローディア公爵家にはたくさんの招待状が届いた。

仲を深めて損はないと、私はそのうちのいくつかの家門の夫人と親交を深めていった。

すると、私への認識はいつしかルーステインの幼嫁から、クローディア公爵の妻に変わっていった。

それにより、私はとうとう、カシアス様の影から脱却することができたのだった。

私とシャルリー様が結婚してから実に、約半年の月日が経ったときのことだった。

すると、時を同じくして私の下にとある招待状が届いた。

「奥様、何と書かれておりましたか？」

侍女としての仕事に完全に順応したリタが、私の手元を覗き込んでくる。

そんな彼女に、私は手紙の内容を伝えた。

「王妃様主催で、高位貴族の夫人が参加するサロンを開くそうよ」

高位貴族という言葉に、何となく嫌な予感がする。

しかし、相手が王妃様と言うこともあり、私は躊躇いながらもその招待状に【参加】の返信状を送った。

そして、ついにサロン当日。

私は約束の数分前、王宮のサロン会場となる部屋に入り、先に来ていた夫人たちと談笑を交わしていた。

すると、夫人たちの軽やかな笑い声が響き渡ったタイミングで、会場のドアが開かれた。

——あら、まだ来ていない夫人がいたのね。

時計を見れば、約束の時間ギリギリだった。

間に合って良かったわね。なんて気持ちでその人物を見た瞬間、私は思わず固まってしまった。

今、会場に入ってきた人物。

それは、最後に会ったときの華やかさが消え、やつれた見目をしたプリムローズ嬢だったのだ。

第二十六章　衝撃エンカウント

プリムローズがやって来た。

それにより、好奇の視線が私と彼女を行き来するのが、手にとるように分かった。

非常に気まずく、一気に居心地が悪くなる。

だからこそ、私はあえて彼女を気にしていないよう振る舞った。気にしたくなかったし、彼女に反応すると思われたくなかったのだ。

すると、その効果があったのだろう。

今日のサロンが音楽家を集めての演奏だったということも追い風となり、いざサロンが始まると皆がそちらに意識を傾けた。

一つの視線が私に鋭く突き刺さったまま、という気配は感じていたが。

しかし、私自身は無視を貫いた。

そうして、美しい音色を聴きながら時間が過ぎるのを待っているうちに、サロン自体は恙なく終わりを迎え、私たちは解散することとなった。

——はあ、ずっと見られていたわね……。

私は別れの挨拶をしながら素早く会場を出て、一人になった途端にホッと息を吐いた。

彼女のまるでヘビのように執拗な視線が、今も私に付きまとっているかのようだ。

「ちょっと、寄り道をして帰りましょうか」

さすがに気分転換して帰りたい。

そうすれば、きっとあの視線を少しでも忘れられるだろうから。

そう考えた結果、私は自由に出入りできる王室の庭園に足を運ぶことにしたのだった。

◇◇◇

「ここはいつ来ても綺麗に管理されているのね」

風に揺れる木々の葉が奏でる音を聞きながら、私は色とりどりの花々が端整に咲き誇る庭園をぐるりと回っていた。

手入れが行き届いた人気のない庭園を歩いていると、徐々に心が落ち着きを取り戻していく。

——やっぱり、ちょっとは堪えていたみたい。

カシアス様のことは好きではない。むしろ嫌いだ。

だけど、傷付けられたという記憶は心に残っているわけで、今日の彼女の存在を直接目にしたことによって、心に嫌な靄がかかっていた。

しかし、心が落ち着くとともに、その靄は少しずつ晴れていった。

「そろそろ馬車に行かないと」

庭園から馬車乗り場には直行できないため、一度王宮の回廊に戻らなければならない。

そういえば、シャルリー様も今日は仕事で王宮に来ていると言っていたし、運が良ければ会えるかもしれない。

「ふふっ」

結婚して半年経つが、私は以前と変わりなく、いや、それ以上に彼のことが好きになっていた。

彼のことを脳裏に想い浮かべると、自然と笑みが零れる。

――一緒に帰れたらラッキーね！

振り返って、そこにいてくれたら最高なのに。

なんて考えながら、回廊がある背後に回れ右をした瞬間、予期せぬ人物が目の前に現れた。

「レオニー！」

――どうしてっ……。

回復しかけの私の気分は瞬く間に低迷してしまった。

振り返ったその先に、カシアス様がいたのだ。

彼と会ったのは結婚発表の日以来だったが、久しぶりに会った彼は以前よりもずっと弱った姿をしていた。

だが、彼の見てくれがどうであれ、私には関係ないこと。ここは無視に限ると、そのまま進もうとしたのだが、カシアス様がその行き道を遮った。

「っ……通してください」

「レオニー……僕が悪かった。全部悪かったっ……。だから、どうかもう一度僕にチャンスをくれないか？」

何があったら私にチャンスをくれだなんて言えるのかしら。それ以前に、チャンスっていったい何なの？

「チャンスですって？」

「ああ、一時の欲に溺れて君を失ったことを後悔している。どうかっ……戻って来てくれないだろうか？」

「何があったか知らないけど——」

「プリムローズが変わったんだ。昔の彼女とは別人みたいで、使用人たちも困っている」

「っ……」

「妊娠中は負担をかけてはいけないと仕事はさせなかったが、乳母もいるから出産後に仕事を任せ始めたんだ。だが、君が簡単にしていた仕事の一つもまともにできない。もう今のままじゃ、領地経営に多大な支障が出てしまう！」

カシアス様はそう言うと、私たち以外見当たらない場所と言うこともあってか、憚ることなくその場に跪いた。

「本当に彼女はおかしいんだ！　レオニー、本当に悪かった。僕だけでなく、使用人たちも皆、レオニーに戻ってきてほしいと心から願っている。君の望みのままに、この身を以ていくらでも償うよ。彼女の妊娠中に溜まった仕事も多い。これからは一生、君以外の人は見ないから、どうかもう一度僕とよりを戻して——」

「馬鹿は治らないって本当だったのね」

「レオニー……？」

彼の言い分はあまりに一方的で、内容も呆れるものばかりだった。

自分から裏切ったくせに、使用人までだしにして謝ったら、私が戻ってくると少しでも期待しているその性根。

隠す気もなく、私を都合良く仕事をするからくりとでも思っているかのような口ぶり。

すべてすべてが私の神経を最大に逆撫でた。

「私は今、シャルリー・クローディアの妻よ。つまり、言い方を変えると既婚者。カシアス様、あなたが今していることは不倫による略奪の提案よ？　同じ過ちを何度繰り返せば気が済むわけ？」

彼を軽蔑する気持ちは止まらず、嫌悪感がどんどん加速していく。

短絡的な彼の思考が、本当に浅ましく感じて仕方がない。

環境が要因していたとはいえ、こんな人を一時期でも好きだった自分を消したくて、私は彼になお言葉をぶつけた。

「あなたの発言は、今の私も、私の夫であるシャルリー様も軽んじて愚弄しているも同然よ。私たちが、あなたにそんな扱いを受ける謂われはないわ」

「そんなつもりじゃっ……！」

「どんなつもりかなんてどうでもいい。自分自身の責任だと腹を括ってよ。子どもに恥ずかしくないの？」

「っ……！」

「私はあなたが嫌いよ。夫婦に戻るなんて天地がひっくり返ってもありえないわ。どうしても領地経営に難が生じるなら、国王陛下に相談してちょうだい。使用人も私じゃなくて、当主のあなたがきちんと守るのよ。もう二度と、私に話しかけてこないでっ……」

息継ぎをする間もなく彼に言葉をぶつけた。

すると、カシアス様はぐうの音も出ないという様子で、がっくりと項垂れた。

せっかく気分を良くするために来たというのに、とんだ誤算だ。

「はあ……」

思わずため息を漏らしながら、私は彼の下から去るように回廊に戻った。

嫌な気持ちが心で渦を巻いている。

早くシャルリー様に会って、この胸のモヤモヤをどうにかしたい。

そう思いながら歩き続けていると、いつしか廊下にサロン帰りの夫人がちらほら現れ出した。

すると、そのうちの一人がハッと驚いた顔をして、私に声をかけてきた。

「クローディア夫人！」

声をかけてきたのは、結婚発表以来最も親しくなったミュラー夫人だった。

「夫人、どうなさいました？」

「ちょうどあなたを探していたのよ」

「私を？」

――どうしてかしら？

わけが分からず首を傾げると夫人は、それは喜色を帯びた表情でその内容を告げた。

「クローディア公爵様が、サロンが終わったと知ってあなたのお迎えに来ていたのよ。でも、どうやらすれ違ったままのようね」

「夫がですか？」

「ええ」

ああ、嬉しすぎる。一緒に帰れるのね！

今の私にとって、シャルリー様はオアシスそのもの。

早く彼を見つけないと！

「夫人、夫は今どちらに？」

「あなたが会場にいるかと思っていたから、会場なのではと答えてしまったの」

「そうだったのですね。でしたら、一度会場に向かってみます」

「ええ、そうしてみて」

「夫人、ありがとうございます」

思わず笑みが零れてくる。

そんな私を夫人は微笑ましそうに見つめながら、優しく手を振って見送ってくれた。

◇◇◇

――シャルリー様があまり移動していなかったらいいのだけれど……。

この道を通らなければ、会場には行き来ができない。

だからきっと会えるはずだ。

もしそれでも会えなかったら、シャルリー様は馬車のところで待ってくれているだろう。

その答えも、この最後の角を曲がれば分かる。

会場付近に近付くと人影がなくなったため、私はワクワクして逸る胸を抱えながら、気持ち小走りで目の前の角を曲がり終えた。

だが、その瞬間、思いもよらぬ光景が私の視界に飛び込んできた。

――何をしているの……？

会場を出てすぐの廊下の手前。

そこで私が見たもの、それはプリムローズに背中側から抱き着かれたシャルリー様の姿だった。

息を呑むと同時に、身体の末端から氷漬けにされるような感覚が襲い、釘で打ち止められたかのようにその場から動けなくなってしまう。

そのときだった。

「キャスじゃダメなの、やっぱり私にはシャルリー様だった。あなたしかいないんですっ……！」

強烈に耳に残るプリムローズの声が、廊下に広がる反響とともに私の鼓膜を揺らした。

どうして彼女がシャルリー様にそのようなことを言い出したのかまるで理解できず、呼吸が浅くなるに伴い、一気に嫌悪の情が込み上げる。

　刹那、聞いたことがないほど冷たいシャルリー様の声が耳に届いた。

「離せ」

「えっ……」

　シャルリー様の言葉に驚いたのか、プリムローズが驚いたような声を漏らした。

　その隙に、シャルリー様は痺れを切らした様子で彼女の腕を振りほどき、距離を取りつつ彼女と向かい合った。

「シャル――」

「不快だ。私に触れていいのはレオニーだけだ。二度と触るな」

「ふ、不快ですって？　まさか、私に対して言っているのですか？」

「ああ、そうだ。そんなことも分からないほど理解に乏しくなったのか」

「ひっ、酷いです……！」

　プリムローズはぶつけられた言葉が未だ信じられないのか、叫ぶや否や、凍てつく空気の中で口をはくはくと戦慄かせている。

　私に背を向けており表情こそ分からない。

　しかし、シャルリー様はそんな彼女を前にしても、なお厳しい口調のまま更なる言葉を続けた。

「本当に酷いのはどちらだ？　それに、夫人がどうなろうが私の知ったことではない。この先、私が夫人に振り向く可能性は皆無だ。金輪際、私たち夫婦に干渉してくるな。一生だ」

息を継ぐ間もなくそう告げると、シャルリー様は悲愴《ひそう》に顔を染めるプリムローズを気にかける様子もなく、颯爽と身を翻して彼女を置き去りに歩き始めた。

二人の様子を何とか息を殺して見守っていたが、突然シャルリー様がこちらに向かって来ていると正気に戻った私は、慌てて来た道を引き返そうと足を踏み出す。

しかし、その前に行く先へと視線を真っ直ぐに見据えた彼と目が合ってしまった。

「レオニー？」

驚いたようなシャルリー様の声が、私の名前を廊下に響かせた。

かと思えば、彼は慌てた様子で瞬く間にこちらに向かって駆け出した。

その顔には、出会ってから未だかつて見たことないほどの狼狽と焦燥が溢れ出ていた。

いつも冷静沈着で、冷徹なシャルリー様。

そんな彼が私を気にかけた様子で、形容しがたいほど酷く動揺した姿を見せている。

その様子に緊張や危うさを覚えたからだろうか。

私の足は勝手に動き出しており、引き返すどころか急ぎ足で彼のほうへと向かっていた。

「レオニー！」

シャルリー様はすぐに手が届く距離までやって来ると、その足に急ブレーキをかけ早口で声をかけてきた。

「いつからいたんだ？　もしや聞いて、いや、見ていたのか？」

鋭い気迫を纏わせたシャルリー様が、真剣そのものの様子で私の表情を窺ってくる。

そんな彼に見聞きしていないと下手な嘘を吐いたところで、もっと不安になるだけだろう。

正直、嫌いな人が私の誰よりも大切な人に抱き着いている姿は堪えるものがあった。

しかし、彼ははっきりと彼女を拒絶してくれたし、何より一番嫌な思いをしたのは彼だ。

それなのに、どうして彼を責められようか。むしろ、彼を慰めてあげたいくらいだ。

誤解していないと彼を安心させたい気持ち、その姿を見たくなかった気持ち、過去の経験が起因となる複雑な感情が綯《な》い交ぜになりながらも、私はゆっくりと彼に素直な答えを告げた。

「はい、見ました……。でも、私は気にしておりませんから、どうか――」

安心して、そう告げ切る前にシャルリー様がショックを受けた様子で口を開いた。

「気にしないなんて言わないでくれっ……。言い訳もできない。君に不快な思いをさせてすまなかった。ただ、彼女とは本当に偶然――」

「シャルリー様、私はあなたを信じております。だから、どうかご安心ください」

そう言って、私は気丈に見えるよう彼に微笑みかけた。

「っ！　でも、油断した俺が悪かった。本当にすまない。君をこんな形で傷付けることになろうとはっ……」

悔しさのあまり、酷く痛ましげな表情を滲ませるシャルリー様。その顔を見て、私まで心が痛くなってきた。

「本当に私は大丈夫ですよ。それよりも、シャルリー様のほうが心配です。もう謝らないで」

私はそう声をかけ、眉間に皺を寄せている彼をそっと抱き締めた。

その瞬間、シャルリー様の身体がビクンと跳ねて強張った。

しかし、次第にその強張りは緩んでいき、彼は私を思い切り抱き締め返してくれた。

「レオニー……レオニー……」

彼は私の名前を何度も呼ぶ。

その様子が何だかいつもの彼よりも幼く思え、私は励ましを込めて彼の背中を軽くさすった。

すると、シャルリー様は顔を上げて、何度も私の顔にキスの雨を降り注いだ。

「レオニー、後にも先にも俺には君だけだ。愛してる」

溺れそうなほどの愛の言葉を囁く彼の甘く低い声に、私の心は次第に解れていき、今までの出来事をすべて忘れそうになる。

すると、不意にシャルリー様が腕の力を緩め、見つめ合うように身体を引き凛とした様子で言葉を発した。

「レオニー、先ほどのことはどうか躾のなってない野犬に噛まれたのだと思ってくれ。二度と同じことは起こらないと約束する」

シャルリー様はそう言うと、私を再び抱き締め直した。

折しも、響きの悪い鈴の音のような声が、私の思考を強引に現実へと引き戻した。

「何で、どうしてよ……」

その声はシャルリー様にも聞こえたようで、彼はうんざりとした様子で私から身体を離し、私を庇うように彼女に向き直った。

シャルリー様の身体越しに彼女の様子を窺う。

すると、穴が開きそうなほど私たちを見つめた彼女の、茫然自失の表情が視界に飛び込んできた。

第二十七章　裏切りの愛は破滅を迎え

目の前の光景に、プリムローズは愕然とした。

——どうして……。

そんな感情が濁流のごとく、彼女の心を呑み込んでいく。

目の前の男は、本当に私の知るあのシャルリー・クローディアなのだろうか。

いや、嘘だ。彼はこんな誰かを愛するような人ではない。

先ほどあの女に対して、社交界の華と謳われる自分のことを野犬呼ばわりしたほど心ない男だ。

だが、目の前の光景は否が応でも、彼らの愛し合う姿は現実だと突き付けてきた。

どうしてこうなってしまうのだろうか。

なぜこの女ばかりが甘い蜜を吸ってばかりなのか。

プリムローズはレオニーを見るだけで、腸が煮えくり返るような思いが込み上げた。

そのポジションは、本来私のものだったのだと。

「どうしてよっ……どうしてあなたばっかり‼」

哀れな者を見るような眼差しを向けてくる二人に、プリムローズは思わず絶叫した。

すると、それを皮切りにどす黒い思いが、彼女の口から止めどなく溢れた。

「本当は私が公爵様と結婚するはずだったのにっ……！」

「浮気しなければ良かっただろう」

恨めしげに叫ぶ彼女の発言を、シャルリーはピシャリと両断した。

その言葉に、プリムローズは思わず面食らった。

しかし、すぐさま悲しげに顔を歪め、目に涙を溜めて掠れ声を絞り出した。

「寂しかったのっ……」

プリムローズがシャルリーの婚約者だった頃、彼はプリムローズに対して業務的にしか接さなかった。

そんな彼がたまに私情を出したかと思えば、たいてい使用人を庇う発言ばかり。プリムローズは耐えがたいもどかしさを抱えながら、彼に窘められてばかりだった。

そんなとき、ある夜会で容姿端麗な優男のカシアスに出会ってしまったことは、彼女の心に更なる欲を生んだ。

カシアスはプリムローズが望んだ通り、出会ってすぐに彼女の心の寂しさを埋めてくれた。

妻がいることは知っていたが、彼女が傷付こうがどうでもいいと思えるほど、自身に心地よさをもたらしてくれるカシアスに嵌まったのだ。

だが、出産を終えて以降、カシアスは当時の彼とはかけ離れた人物となった。

仕事や使用人への接し方に関し、何かとプリムローズとレオニーを比較するようになったカシアスの声が、ふと脳内で再生される。

レオニーだったらできた。

レオニーはもっとうまくやっていた。

レオニーはもっと皆に優しかった。

レオニーは君のように暴れたりしない。

レオニーにできたんだから、プリムローズにもできるはずだ。

レオニー、レオニー、レオニー、レオニー。

彼はことあるごとに、レオニーの話ばかりをするようになり、プリムローズのプライドはすでにズタボロになっていた。

だというのに、私のプライドを打ち砕く元凶となったレオニーは、彼女のかつての婚約者とまるで相思相愛の夫婦のように接している。

本当は私がその立場にいるはずだったのに。

本当は私がその扱いを受けるはずだったのに。

……こんなこと、許されないと思った。

「キャスもあなたの話しかしないっ。どうして私の居場所を取るのよ！」

プリムローズのその念の籠った叫びに、シャルリーもレオニーも絶句した。

◇◇◇

呆れ果てるようなプリムローズの発言に、私は思わず言葉を失った。しかし数秒後、自然と言葉が口を衝いて飛び出た。

「私はあなたの居場所を奪っていないわ。あなた自身が招いたことでしょう」

「いいえ！　あなたがキャスを繋ぎ止めていたら、こんなことにはならなかった！」

プリムローズはそう言うと、額に血管を浮かばせ顔を真っ赤にし、私を睨みつけてきた。

すると、そんな彼女にシャルリー様が怒りの声を飛ばした。

「いい加減にしろ。俺の妻にこれ以上の無礼は許さない」

恐怖で氷漬けにするほどの厳しい眼差しを、彼はプリムローズに向けた。

しかし、彼女はそんなシャルリー様の視線をものともせず、乾いた笑い声をあげた。

「はっ……何よそれ。私を怒らせるために、わざと愛するふりをしているんでしょう？　あなたみたいな冷血漢が、誰かを好きになるなんてありえない。ほかは騙せても、私は騙せないんだから……！」

この期に及んで何を言っているんだか。

斜め前に立つシャルリー様の横顔を一瞥した後、私の口からは空気が漏れだすかのようにため息が零れた。

すると、彼女はその私の態度にイラついたのか、悲愴に満ちた笑い顔で私に声をかけてきた。

「公爵様は誰かを愛するなんて、そんな人じゃないわ。馬鹿ね、あなた騙されてるのよ！　彼は私のことも愛さなかったもの！」

こんな荒唐無稽なことならば、まともに取り合わず言わせておけばいい。

理性がそう私の心に呼びかけてくる。

だが、こうして勝手にシャルリー様を悪しざまに語られること。そして、私が彼女とあたかも同列のように語られることに対し、無性に腹が立った。

だからつい、私は彼女に言い返した。

「そういう他責思考だから、シャルリー様はあなたを好きにならなかったのよ」

「そんなわけない！　この人は誰も愛せない。あなたのことも愛してなんか――」

「ご心配には及びません。誠意に満ちた彼の愛を、私は知っていますから」

私はそう言って、隣に立つシャルリー様とアイコンタクトを取った。

すると、彼は嬉しそうに目を細めながら私の肩に腕を回し、言葉の代わりにこめかみにキスを落とした。

その瞬間、目の前のプリムローズがこれまでにないほど、ブルブルと震え始めた。

かと思えば、その場にへたり込むように泣き崩れた。

「嘘よ！　そんなの許さないっ……！　何であなたばかりっ！　こんなはずじゃなかったのっ……私の人生はもっと……！」

プリムローズはしゃくりあげながら、嘆きの涙を流し始めた。

彼女はそうして泣き続ける中、酷く憤りと恨みを感じる瞳で、私のことを睨めつけてくる。

そして、合間合間に私への恨み節をブツブツと呟き始めた。

そのあまりの態度に、私の中の張り詰めた糸はプツンと切れた。

「こんなはずも何も、あなたとカシアス様の二人の選択の結果じゃない」

「でも、本来の私の人生はもっと――」

「夫人、あなたは母親になったんでしょう」

「っ……！」

私の言葉はプリムローズにとって、予期せぬものだったのだろう。

彼女は目を大きく見開くと、喉の奥からひゅうっという空気を漏らした。

その後、震える声で言葉を発した。

「だ、だから何なのっ……」

瞳の奥は、戸惑いの色が滲んでいる。

そんな彼女に、私は淡淡と言葉を続けた。

「思い通りの人生じゃないと泣き言を言うけれど、あなたたちの子は生まれたときから両親のせいで特異に見られるハンデを背負ったのよ」

私自身が、両親に恵まれたとは言い難い環境で育った。

だからこそ、彼女を見ていると無性に子どものことが心配になった。

私からしたら裏切りの証明のような子。

しかし、その子自身に罪があるとは思っていなかった。

わざわざつらい目に遭って苦労をしてほしいなんて、思ってもいないのだ。

だけど、母親がこのままではどう考えても哀れな未来しか考えられない。

そのせいで、将来その子が起こすトラブルにこちらが巻き込まれるのもごめんだ。

そう考えると、どうしても黙ってはいられなかった。

「子どもがあなたに産んでと頼んだの？」

「そんな酷い言い方――」

「あなたたちの選択でその子は産まれたのよ。あなたはただ守られるんじゃなくて、守る側にもなったの」

「っ……！」

「ならせめて、こんなことをせずに、その子が周りに侮られないような母になるようにしてちょうだい。子どもを大人の都合で犠牲にしないでっ……」

言葉を紡ぐにつれ、胸に込み上げる何かが私の喉を絞っていく。

すると、地面に視線を落としたプリムローズの、あまりに度し難い声が耳に届いた。

「何よ、その綺麗ごとっ……。子どものために、どうして私がそんな苦労をしないといけないのよ。私はっ……私が一番大事なの！　だから、まずはシャルリー様を返してよ！」

彼女はそう言うと、私たちに向かって駆け出そうと立ち上がった。

しかし、そんな彼女が進めかけた足を止める声が空間に響いた。

「なんてことっ……」

「今の発言は！」

「まあ！　無情な……」

背後から聞こえる声に、私もシャルリー様も驚いて後ろに振り返った。

　すると、そこには先ほどサロンに参加していた夫人たちが、複数人こちらを見つめながら立ち尽くす姿があった。

　――どうしてここに？

　そう思った直後、すぐにその答えは分かった。

「あ、あの……お聞きするつもりはなかったのです。ただ、ルースティン夫人の叫び声が聞こえて様子を見に……」

　きっと、プリムローズの叫び声が響いていたのだろう。

　それで、興味本位で見に来た結果、この光景が彼女たちに待ち受けていたというわけだ。

　しかし、そんな彼女たちの背後から、さらに驚きの人物が現れた。

「プリムローズっ……」

「キャ、キャスっ……。何であなたがっ……！」

　なんと、カシアス様が夫人たちと一緒に来ていたのだ。

　曲がり角で死角になっていたが、カシアス様には先ほどのプリムローズの発言はしっかりと聞こえていたようだった。

「今の発言は一体どういうつもりだ。自分がお腹を痛めて生んだ子だろう？　どうしてそんなことがっ……」

「っ……。全部、あなたのせいよ！　あなたが私に優しくしてくれないから！　あなたを選んだのが間違いだった。今からでも元通りにっ……！」

そう言うと、プリムローズは私の隣にいるシャルリー様に、懇願するかのような視線を向けた。

やつれていても、社交界の華と言われるだけの美貌がある彼女のその姿は、見ようによっては酷く儚げで庇護欲にそそられるような姿をしていた。

グッと不快な気持ちが胸に込み上げる。

だが、そんな彼女を一刀両断する声が響いた。

「戯言も大概にしろ」

低く凍てついたその声を聞き、私は反射的に隣の人物に目をやった。

すると、シャルリー様は私の視線に気付き微かに口角を上げた。そして。そのまま手を繋ぐと、私に安心しろとでもいうように目配せをしながら言葉を続けた。

「俺が愛するのは、後にも先にも妻のレオニーだけだ。つまり、俺の心はレオニーのものだ。よって、君とやり直し元通りになるなどありえない」

容赦のないシャルリー様の言葉。

それを受けるなり、プリムローズはザッと顔から血の気を失い、再び床に崩れ落ちた。

同時に、こちらに顔を向けていたカシアス様は、絶望に染まった表情を私に向けていた。

しかし、彼は何か言いたげにしながらも口をギュッと引き締め、そのまま地面にへたり込んだプリムローズに視線を落とした。

その直後、渦巻く感情を必死に堪えるかのようなカシアス様の、彼女の名を呼ぶ声が聞こえた。

「プリムローズ」

見たことがないほど目を血走らせ、ギュッと拳を握り締めたカシアス様。

一緒に暮らしていたときですら一度も見たことがない彼の表情に、思わず私の背筋はゾクリと震えた。

どうやらそれは、プリムローズも同じだったらしく、彼女はカシアス様の顔を見るなり、怯えたような表情をした。

「キャ、キャス……」

「君の考えは分かった」

「えっ……。そ、それってどういう……」

「これからは僕があの子を一人で育てる。別れよう」

「そ、そんなっ……！　じゃあ、私はこれからどうしたら――」

「トル公爵を頼って、好きに生きるといい」

そう言うと、カシアス様は切なく痛ましげな眼差しを私に向けた後、すぐに目を逸らしてそのまま元来た道を歩き始めた。

その瞬間、私たちの様子を見物していた夫人たちは、興味津々ながらも、建前上気まずそうに道を開けた。

「どうして。どうしてよっ……私だけが何でこんな目に……」

夫人たちのどよめきが始まると、その声に紛れて下のほうからプリムローズの力ない声が聞こえてくる。

そのときだった。

「レオニー」

耳元で囁かれたその声につられ、そちらに顔を向ける。

すると、目の間に迫ったシャルリー様の美麗な相貌が飛び込んできた。

「俺たちも行こう」

シャルリー様にそう声をかけられ、私は返事の代わりに、握り合った手を強く握り返した。

こうして、かつて私たちの人生を狂わせた者同士が愛の終焉を迎えた現場から立ち去るように、
私たちは二人で馬車へと向かったのだった。

第二十八章　私のあなた、あなたの私

無言で歩みを進めた私たちは、待機していたクローディア家の馬車に乗り込んだ。

思いがけない出来事があったせいで、私はなかなか心のざわつきが収まらない。

そのときだった。

「シャルリー様？」

馬車に乗り込むなり、彼は隣に座る私の手を離すと、指と指を絡め合うように握り直した。

そして、先ほどとは一転、恐々とした様子で声をかけてきた。

「レオニー、改めてすまなかった。一生の不覚だ……。もう二度とこんなことは起こらないようにする。本当に悪かっ――」

「謝らないでください。あれは不可抗力ですし、あなたは何も悪くありませんよ。私はシャルリー様が傷付いてないなら大丈夫ですから」

「レオニー……」

本当に大丈夫だと見えるように、私は彼に優しさを意識して微笑みかけた。

すると、効果があったのかシャルリー様の頬の強張りが解れたのが分かった。

その途端、私は張り詰めていた気持ちを一気に放出させるかのように息を吐きながら、シャルリー様の肩にもたれかかった。

「どうした、レオニー？」

ため息を隠すこともなく、私が突然体重をかけたから驚いたのだろう。

シャルリー様は私の顔を覗き込むと、少し不安げな表情で口を開いた。

「やはり……怒っていたか？」

私はそう声をかけてきた彼を上目に見つめ、フッと笑ってゆるゆると首を横に振り、再び目を伏せた。

「怒ってないですよ。ただ、あんなにしょうもない男だったけど、好きだったなんてと思って……。何だかつらいですね、ははっ……」

かつての自分の見る目のなさと言ったら……。

何だか酷く疲れ、やるせない気持ちが込み上げて胸が苦しくなる。

そのとき、ふと私の横髪をシャルリー様が耳にかけた。

思わず見上げると、私の顔を覗き込みながら、慈愛に満ちた眼差しを向けるシャルリー様と視線が交わった。

「……狭い鳥籠のような環境で苦境に立たされたら、あんな男でも輝いて見えてしまうことだってあるだろう」

「っ……」

「だが、レオニー。今の君は俺の妻だ。俺は夫として、君を愛する一人の男として、君に後悔させない男でいると約束する」

「もう十分すぎるくらいです」

そう、本当に十分すぎる。

彼の熱意に心をくすぐられるような気持ちになりながら、私は口元を緩ませ彼の頬に手を添えた。

ほんのりと伝う人肌の温もりに触れ、親指の腹で彼の目の下をそっと撫でる。

すると、彼は唇に小さな弧を描き、頬に添えた私の手の上に自身の手を重ね頬擦りをしながら、流れるように私の手首にキスを落とした。

「十分すぎるくらいがちょうどいい。レオニーには、いい思いばかりをさせてやりたいんだ」

「……不思議です」

「ん？」

「あなたはいつも、魔法みたいに私の心を軽くしてくれますね」

彼のその言動一つで、心の澱が溶け消えていくようだった。

普通なら建前の言葉だと思う。けれど、シャルリー様なら本当に叶えてくれそうで、彼の言うことならばと一片の迷いなく信じられた。

――言葉一つで、こんなにも救われるだなんて。

彼の想いが痛いほど伝わり、気を抜いたら勝手に涙が出てしまいそうになる。

私は彼の頬から手を下ろし、その表情を見られまいと隣に座る彼を横から抱き締めた。

「レオニー？」

シャルリー様は突然の抱擁に戸惑ったような声を上げながらも、私の背中にその腕を回した。

そして、グイッと私の耳元に顔を寄せた。

「もしや、サロンで何かあったのか？」

彼の胸に半分顔を埋める私の耳に、吐息とともに心配そうな彼の低い声が掠める。

私はその声に対し首を横に振りながら、さらに彼を抱き締める力を強めた。

「違います。サロン自体には問題ありませんでした」

「では――」

「ただ、あの人が私のシャルリー様に抱き着いたのが嫌だったんです」

シャルリー様とプリムローズが妙な関係であるなんて疑念は、一切抱いていなかった。

むしろ、彼は被害者だし。

だが、私以外の誰かが、しかも彼を裏切ったプリムローズが抱き着いていたことは、どうしても癪に障ったのだ。

「だから……これは消毒です」

そう言って、より一層彼を抱き締める力を強める。

刹那、彼の震える声が私の耳をくすぐった。

「もう一度言ってくれ」

「え？」

「私のシャルリー様と、今そう言っただろう？」

彼のこの言葉を聞くなり、私の身体は火が付いたように熱くなった。

気持ちが昂ったとはいえ、そんなことを無意識に口にしてしまうだなんて。

でも、私の公爵様という言葉には……まあ違いはないだろう。結婚したのだもの。

とはいえ、改めて言うには恥ずかしさが込み上げる。

だが、彼の心の傷を考え、もう一度だけならと勇気を出すことにした。

「もう一回しか言いませんよ」

「ああ」

「……私のシャルリー様」

羞恥のあまり、小さな声で早口に告げた。

だというのに、シャルリー様は私の言葉を聞くなり、嬉しそうに小さな笑い声を零しながら、さらに力を込めて私を抱き締めた。

ついでとばかりに、耳にキスの雨を降らせる。

しかし、それから間もなく、シャルリー様は腕の力を緩めて頭上から声をかけてきた。

「レオニー、顔を上げてくれ」

「無理です」

「君の顔が見たいんだ」

「見せられません」

今の私の顔はきっと林檎のように真っ赤だろう。

恥ずかしさのあまり、どうにかなってしまいそうだった。

だが、シャルリー様はなかなか諦めなかった。

「レオニー……」

いつも氷のように厳しいと言われる彼が時折出す、この切なく弱ったような声。

それに私が弱いと自覚しながらこんな声を出すだなんて。

——本当にずるい人ね。

そう思いながらも、私は内心で愛おしさを覚えつつゆっくりと顔を上げた。

「あなたは本当に賢い人ですね」

「ありがとう」

シャルリー様はそう言うと、私の額に口付けた。

溶けるような笑みを浮かべた今の彼は、とても冷血、冷徹、冷酷の三拍子が揃った氷の公爵と言われる人とは思えぬほどの別人だった。

「レオニー、君の言う通り俺は君のシャルリーだ。そして、この世の誰よりもかわいく愛おしい君は、俺のレオニーだ」

シャルリー様はそんな胃もたれしそうなほど甘い言葉を吐くと、私の顎のラインに手を添わせた。

そんな彼の優しい眼差しに、別の種類の熱が垣間見えていると気付く。

その瞬間、私の唇に柔らかい感触が触れた。

最初は短く軽いものだった。

それを数度続けると、彼の口づけは徐々に深みを増していった。

角度を変えながら時折交わる視線は、無言であるにもかかわらず互いの感情を雄弁に語っていた。

彼の胸に添えた手に伝う鼓動と私の鼓動、互いの息遣いが徐々に同期していく。

こうして溶け合うような口づけの最中、私は自身の手をゆっくりと滑らせながら、彼の首の後ろへと回した。

その動きに合わせ、彼は頬に添えていないほうの手を、私の髪を梳くように撫でながら後頭部に添えた。

そんな互いの情熱が行き来する甘やかな口づけは、私が息切れするまで続いた。

「シャルリー様、激しすぎですすっ……」

「君が可愛いから仕方ない」

「っ……！　でも、ほどほどにしてください。持ちませんから……」

「大丈夫だ。俺がすべて介抱する」

「ああ言えばこう言うんだから」

何を言っても通じないと諦め、私は身体のすべてを委ねるように彼の胸にもたれかかった。

「怒ったか？」

「……いいえ」

怒るはずがない。

むしろこれだけの幸せを与えてくれる彼が夫でよいのだろうかと、たまに怖くなるくらいだ。

それを分かっているのだろう。

シャルリー様は訊ねながらも、その表情には麗らかな笑みを浮かべていた。

その顔を見ると、私の顔にも自然と笑みが零れた。

「怒っていませんが、思ったことがあります」

「ん？」

「良かったです……あなたと出会えて。私の夫がほかの誰でもないシャルリー様で、私は幸せ者です」

私はそう言って、余裕のある表情から一転し、面食らった表情の彼に笑いかけた。

案の定、その後はシャルリー様からの溺れるほどの愛が、私にこれでもかと降り注いだのだった。

◇◇◇

サロンから一か月後。

サロン会場での出来事は、瞬く間に居合わせたご夫人たちによって社交界中に広められた。

その後、カシアス様とプリムローズは本当に離婚した。

トル公爵家も何度も続くプリムローズの醜聞を庇い切れなかったのか、家門全体を貶めたとして、離婚した彼女を監禁状態にしたと噂に聞いた。

この出来事により、社交界でも腫れもの扱いになった彼女は、かつての社交界の華の座からは完全に陥落した。

一方カシアス様はというと、子どもの親権を取り、誠実に育てているようだと、これまた風の噂で聞いた。

昔から一緒にいたからこそ、この噂はきっと真実なのだろうと思う。

彼はずっと、自分の血の繋がった家族をほしがっていたから。

いつか生まれた子どもには、自分のように寂しい思いをさせたくないと一度聞いたことがある。

いつ何があるか分からないから、できるうちに愛情を注いで育ててあげたいとも言っていた。

どうやら、カシアス様にも最後の良心が残っていたようだ。

私は裏切られたが、どうか子どものことは裏切らないでほしい。

そう願いながら、私はもう彼との過去を思い返すことはやめた。

これからは、シャルリー様との未来に目を向けよう。

私は新たな人生を生きていくんだ。

そんな胸に灯った希望のおかげで、私はようやく心の踏ん切りをつけることができたのだった。

第二十九章　築き上げた幸せ

シャルリー様と結婚してから、およそ五年の月日が経った。

時間とは早いもので、今日まであっという間だった。

「リタ」

「はい、奥様。どうなさいました？」

リタは私が声をかけると、いつものように人好きのする笑顔で笑いかけてきた。

「今からシャルリー様のところに行ってくるわ」

「ああ、例のアレですね」

「ええ。しばらく席を外すわね」

「承知しました」

五年前よりもずっと上品に微笑む彼女は、慣れた様子で私に一礼をして見送ってくれた。

——さあ、今日はちゃんと休んでいるかしら？

シャルリー様は一度仕事を始めると、集中が切れない限り延々と書類と向き合える人だった。

だが、いくら美術品のように美しい相貌であったとしても、シャルリー様も私と同じ人間。

やはり休憩が必要だろうと、声をかけに行くことが日課になっていた。

目を閉じても歩けるほど慣れた廊下を通る。

そして、私はある部屋の扉の前で立ち止まった。

すると、ちょうど中から声が聞こえてきた。

「シャルリー様、そろそろ休憩しましょう」

「ああ、もう少ししたらな」

「一時間前も同じことを聞きましたよ！」

「そうか。だが、今一気に仕事を終わらせておけば、俺たちの時間が長く確保できるんだ。だから、休みたいならお前だけ休め」

やはり予想通りだった。

声をかけに来て正解ね。

私は軽く息を吐き、扉をノックしたものの返事を待たずして中に入った。

「シャルリー様」

「レオニー！」

私の姿を捉えると、書類相手に難しい顔をしていたシャルリー様が、ハッと顔を上げた。

そして、目が合うなり微かに表情を綻ばせながら、こちらに駆け寄ってきた。

「ずっとレオニー不足だった」

シャルリー様は他人から見たらほぼ真顔でそう言うと、甘えたように正面から私をガバリと抱き締めてきた。

先ほどの発言が聞こえたからこそ、なんて猫かぶりなのだろうと思う。

だが、それでも私は彼の背に腕を回し、宥めるように広い背中をトントンと軽く叩きながら声をかけた。

「仕事に集中なさることは大いに結構ですが、アルベールを困らせないでくださいね」

「奥様！　このワーカホリックにもっと言ってやってください！」

アルベールが味方を得たとばかりに、シャルリー様の肩越しに見える私に声をかけてくる。

すると、私が彼に言葉を返すよりも先に、シャルリー様が口を開いた。

「俺は休めと言ったはずだ。それよりアルベール。今どうすべきか、利口なお前なら分かるよな？」

シャルリー様はそう言うと、私から腕を解きアルベールに冷淡な眼差しを向けた。

その様子を見るなり、アルベールはやれやれと言った様子で笑った。

「はいはい、もちろん承知ですよ。では奥様、後はよろしくお願いいたします」

彼は礼をすると、苦笑いをする私に満面の笑みを向けて部屋から出て行った。

その直後、扉が閉まるなり腕の力を緩めて向き直ったシャルリー様が、私の眦にキスを落とした。

「レオニー、アルベールのことは気にしなくていい。あいつは適度にさぼってる」

「そうですか？　でも、私は彼よりあなたが心配なんですよ」

「俺が？」

「私たちの時間を作るためにと、仕事を詰め込みすぎないでください。あなたが倒れたら本末転倒です」

「そうか……。じゃあ、しっかり休むとするか」

そう言うと、シャルリー様は口角を上げ改めて私を抱き締めた。

そして、私の肩口に顔を埋めながら、時折顔を上げて私の首筋にキスをしてきた。

「レオニー、どうして日に日に可愛くなるんだ？」

「それはあなたもですよ。いつもは凛としているのに、こんなにも可愛らしい裏の顔がある人だとは思ってもみませんでした」

私がそう言うと、シャルリー様は面食らった顔を上げた。

その隙に、私は彼の頬にキスを落とした。

「そんなあなたも愛してます」

気恥ずかしさはまだ残るが、たまには言葉にすることも大事だろうと口にしてみる。

すると、シャルリー様は目を見開き、光を受けキラキラと輝く水面のような瞳で私を見つめた。

そのときだった。

ガチャリ。

不躾に開かれる扉の音が聞こえ、二人同時にそちらへと顔を向ける。

その瞬間、清らかで無邪気な声が私たちの耳に届いた。

「あ、パパがまたひとりじめしてる！」

小さなその姿を視界に捉えたかと思った直後、私は両足に衝撃を感じた。

下に視線を向ければ、ニコニコと微笑みかけてくる息子フェリックスの姿があった。

「ママ！」

「フェリックス、来たのね」

可愛い我が息子の笑顔を受け、私は愛おしい気持ちで彼を抱き締めようとした。

だが、意思に反して私は身体を動かせなくなった。

シャルリー様が、私を腕ごと包むように抱き締め直したのだ。

――どうしてこんなことに？

今の私は、はたから見たらおかしな人だろう。

両足は息子に、上半身は夫に拘束されているのだ。

「あの、ちょっと放して――」

「「嫌だ！」」

実に息の揃った親子だこと。

ただ、フェリックスはまだしもシャルリー様まで、こんなことをするだなんて。

そう思っていると、耳元に私にだけ聞こえる声でシャルリー様が囁いた。

「大人気ないのは分かっている。ただ、今の言葉をもう一度言ってほしいんだ」

今の言葉とは、愛していると言ったことだろうか？

ただでさえ気恥ずかしかったのに。

だが、言わないと放してくれなそうだった。

そのため、私は相変わらずちゃっかりした人だと思いながらも、彼の耳元で囁いた。

「愛しておりますよ。……心から」

少し意地悪をしたくなって言葉を付け加えると、目の前の彼の耳が真っ赤に染まった。

かと思えば、シャルリー様は嬉しそうにフェリックスを抱き上げ、彼ごと挟むように私を抱き締めた。

「パパ、苦しいよ～！」

そう言いながらも、フェリックスはキャッキャと楽しそうな笑い声をあげた。

そしてしばらくすると、彼は満面の笑みでシャルリー様に声をかけた。

「パパはママが大好きなんだね」

「ああ、その通り。フェリックスはお利口さんだな。だが一つ忘れているぞ。お父様はフェリックスも大好きだ」

「ぼくも！　パパもママも大好き！」

その言葉を聞くなり、私はシャルリー様と見つめ合い、溢れるほどの幸せとともに笑顔の花を咲かせたのだった。

こうしてしばらく抱き合っていると、シャルリー様が安らぐような低音を紡いだ。

「レオニー、フェリックス」

「？」

「俺は二人がいてくれて幸せだ。ありがとう」

シャルリー様はそう言うと、私たちの頬に一つずつキスを落とした。

それから、満足そうに微笑んだシャルリー様の、愛おしげな眼差しと視線が交わった。

ああ、五年前の私が見たら泣いてしまうかもしれない。

決して当たり前ではないこの幸せ。

それを、これまで二人で築き上げてきたのだと思うと、無性に胸が熱くなった。

「私も二人がいてくれて幸せです。これからも、こうして幸せに過ごしましょう」

「ああ」

「うん！」

私の言葉に息の揃った返事をする二人は、窓から差し込む柔らかい陽だまりを受けながら、はにかむような眩い笑顔で微笑みかけてくれた。

すると、差し込んだ陽だまりは一瞬にして部屋中に満ち、温かい笑い声とともに私たちを包み込んだのだった。

本書に対するご意見、ご感想をお寄せください。

あて先

〒162-8540 東京都新宿区東五軒町3-28
双葉社　Mノベルスｆ編集部
「綺咲潔先生」係／「アヒル森下先生」係
もしくは monster@futabasha.co.jp まで

Mノベルス

シンデレラの姉ですが、
不本意ながら王子と結婚することになりました
柚子れもん
ill. 茲助
身代わり王太子妃は
離宮でスローライフを
満喫する
シンデレラの姉のアデリーナ。ガラスの靴を持つ王子のプロポーズを断って、魔法使いと駆け落ちしたシンデレラの代わりに、国中が憧れる『麗しの王子』と強制的に結婚することになりました。『結婚してもお前を愛するつもりはない』と言われたけれど、問題ありません！ 愛人でも側室でもどうぞご自由に！ 私はお飾りの妃として、王宮から離れた離宮でもふもふ達とのんびりロイヤルニート生活を始めますから！ しかし、スローライフしつつ円満離婚＆慰謝料を目指すアデリーナに、冷たかった王子が興味を持ち始めたようで――!? 『小説家になろう』大人気お飾り妃のスローライフ・ラブコメディ、遂に書籍化！

発行・株式会社　双葉社

Mノベルス

彩戸ゆめ
画 すがはら竜
真実の愛を見つけたと言われて婚約破棄されたので、復縁を迫られても今さらもう遅いです！

ある日突然マリアベルは「真実の愛を見つけた」という婚約者のエドワードから婚約破棄されてしまう。新しい婚約者のアネットは平民で、エドワード直々に「君は誰よりも完璧な淑女だから」と、マリアベルは教育係を頼まれてしまう。教育係を断った後、マリアベルには別の縁談が持ち上がる。だがそれを知ったエドワードがなぜか復縁を迫ってきて……。

発行・株式会社　双葉社

Mノベルス

『君を愛することはないだろう』政略結婚の初夜。夫から突然『愛さない宣言』をされてしまい、焦るアビゲイル。それって……ごはんはいただけないということですか!? 家族にずっと虐げられてきた前世魔王の伯爵令嬢が、夫の生真面目軍人に餌付けをされて幸せになる、新感覚餌付けラブストーリー!

発行・株式会社　双葉社

Mノベルス

ななしの皇女と冷酷皇帝
～虐げられた幼女、今世では龍ともふもふに溺愛されています～
藍上イオタ
illust. 漣ミサ

名前もつけられず虐げられていた皇女「アレ」。ループを繰り返すたびに非業の死を遂げてきたが、三度目のループでは三歳の幼女に！　すると、なぜか皇族の守り神・金龍に目をかけられ、伝説のモフモフ炎虎に懐かれるように!?　以前は無関心だった兄（皇太子）からは天使と呼ばれ、冷酷無残と名高い父（皇帝）からも溺愛されるようになり――!?　ななしのお姫様、名前を得て生き延びるために奮闘中！「小説家になろう」発、大人気ストーリー！

発行・株式会社　双葉社

Mノベルス

氷《こおり》の公爵《こうしゃく》様《さま》と私《わたし》の幸《しあわ》せな契約《けいやく》再婚《さいこん》

2025年3月11日　第1刷発行

著　者　綺咲潔《あやさきいさぎ》

発行者　島野浩二

発行所　株式会社双葉社
〒162-8540　東京都新宿区東五軒町3番28号
［電話］03-5261-4818（営業）　03-5261-4851（編集）
https://www.futabasha.co.jp/（双葉社の書籍・コミック・ムックが買えます）

印刷・製本所　三晃印刷株式会社

［電話］03-5261-4822（製作部）
ISBN 978-4-575-24809-8 C0093